홍청망청
살아도
우린
행복할 거야

문예단행본 도마뱀

흥청망청
살아도
우린
행복할 거야

박은정

이병률

조수진

한경록

김봉현

이소연

오경은

백영옥

김준성

장은주

김마스타

백민석

백남주

이유진

이현호

김나리

김재훈

이소영

황인찬

도마뱀
/domabaem

문예단행본

도마뱀을

시작하며

● 편집부

도마뱀출판사에서 '문예단행본 시리즈'를
펴낸다. 알다시피 '단행본'은 지속적으로 간행하는
잡지 등과 달리 한 번의 출판으로 끝나는 책이다.
'시리즈'는 같은 종류의 연속 출판물이다. 뜻이 통하지 않는
두 말을 이어 붙인 것이 어색할지 모르나, 거기에 이 기획의
정체성이 있다.
　이 책을 시작으로 계절마다 새로이 선보일 '문예단행본 도마뱀'
시리즈는 잡지인 듯 잡지가 아니고, 단행본이 아니면서 단행본이며,
시리즈 아닌 시리즈다. 말장난이 아니라 정말 이것이면서 동시에
저것이 되려는 시도다. 우리는 조화로운 불협화음, 불협화음의 조화를
꿈꾼다.

문예단행본 도마뱀을 시작하며

첫 책인 『홍청망청 살아도
우린 행복할 거야』의 주제는 '탕진잼'이다.
재물 따위를 소소하게 탕진하는 재미를 일컫는 이 신조어는
요 몇 년 새 사회 전반에 자리 잡았다. 우리는 매번 시의적절한 주제를
고민하겠지만, 그로써 어떤 메시지를 전하는 데는 관심이 없다.
'문예단행본 도마뱀' 시리즈는 다만 각계각층 문화예술인의 다채로운
목소리를 한데 모으려고 한다. 따로 또 같이, 때로 겹치고 때로
어긋나는 말들의 어울림 그 자체가 우리의 목적이다. 이번 첫 모임에는
시인, 소설가, 평론가, 음악인, 저널니스트, 칼럼니스트, 에세이스트,
사진작가, 큐레이터, 편집자, 서점 대표 등 여러 분이 함께했다.
앞으로도 톡톡 튀는 개성들이 흥미진진한 주제 아래 모여 농담과
진담을 아우르는 이야기를 들려줄 것이다.
'문예단행본 도마뱀' 시리즈는 스펀지 같은 책이다.
어떤 목소리도 빨아들일 준비가 되어 있다. 회의를 하자고 만나서는 제
말만 실컷 하고 가는 자리랄까. 그 웅성거림 속에서 누군가는 무겁게
입을 떼고, 누군가는 가벼운 수다를 이어갈 테다. 아무렴 어떤가.

편집부

우리는 '문예단행본 도마뱀' 시리즈가 그렇게 쓰이고, 또 그렇게
읽히기를 바란다. 마음 내키는 대로 책장을 넘기다가 눈길이 닿은
문장에서 시작하는 책 읽기. 반가운 이름을 발견하면 거기서부터
출발해도 좋다. 삶을 따듯하게 끌어안는 노래, 우리를 사유하게 하는
이야기 들이 여기서 당신을 기다린다. 책을 덮으면 또 다른 노래와
이야기를 실은 목소리가 어느새 곁에 와 있을 것이다.

　　절체절명의 마음으로 꼬리를 끊고 나아가는 도마뱀의
자세는 오롯이 우리의 몫이다. 선뜻 소중한 원고를
내어주신 필자 분들과 고마운 독자 분들은 모쪼록
내내 자유롭고, 또 자유로우시기를. 매 계절
새롭게 찾아올 오케스트라의 연주를
넉넉히 즐겨주시길.

문예단행본 도마뱀을 시작하며

차례

종말이
오기 전에
폴짝!

●

박은정

'흥청망청 살아도 행복할 수 있다'는 말은 얼마나 좋은가.

어릴 때부터 어른들이 말하는 '흥청망청'이라는 단어는 망조(!)의 대명사였고, 나라는 사람의 인생이 절벽 아래로 내동댕이쳐질지도 모른다는 두려움의 시발이 되는 단어였다. 나는 그 절벽을 안간힘으로 기어 오르는 내 모습이 떠올라 일찌감치 뒷걸음질부터 쳤다. 그러니까 '흥청망청'은 예견된 '불행'의 또 다른 이름이었고, 어른들은 '불행'이 뭔지도 잘 모르는 아이에게 뒷걸음질부터 먼저 가르쳤던 것이다. 그렇게 성장하면서 사회적으로 도덕적으로 우리를 주춤하게 하고 괜한 죄책감을 갖게 하는 말 '흥청망청'…. 그런데 이제 그 나이대의 어른이 되고 나서 생각하기를, 왜 흥청망청 살면 불행해진다는 걸까. 나의 즐거운 인생을 위해 '지루한 인생' 따위 좀 탕진하면 정말 안 되는 걸까?

종말이 오기 전에 폴짝!

지구종말시계라는 것이 있다. 핵 위협과 기후변화로 인류가 최후를 맞는 시점까지 남은 시간을 개념적으로 표현한 지구종말시계는 1947년 종말 7분 전으로 시작했으나 미국과 소련이 경쟁적으로 핵실험을 한 1953년에는 2분 전까지 갔다. 1991년에는 미·소 간 전략무기감축협정이 체결되어 17분 전으로 늦춰지기도 했지만, 핵 위협과 기후변화로 인해 점차 당겨지다가 2019년에는 2분 전으로 당겨졌다. 그리고 2020년 1월에는 지구종말시계가 100초 전으로 당겨졌다. 물론 지구종말시계는 '아직' 100초가 남았지만, (물론 이 시간도 정말 짧다!) 이 100초가 내년에 끝날지 50년 뒤에 끝날지는 아무도 알 수 없다. 그런데 지구의 종말 날짜를 알게 된다면, 우리는 어떤 기분이 들까.

지구 종말과는 조금 다른 얘기지만, 영화 〈이웃집에 신이 산다〉를 보면 신의 딸이 신을 골탕 먹이려고 인류에게 '죽음 시간'을 문자로 전송하는 사건을 벌인다. 각각 그 메시지를 받은 사람들은 엄청난 혼란에 빠지는데, 생각보다 자신의 죽음이 얼마 남지 않음을 알게 된 사람은 슬픔과 절망에 빠지고, 자신의 '죽음 시간'이 꽤 남은 것을 알게 된 사람은 운명을 시험하려고 자살을 시도하며, 매번 죽지 않는 자신을 보고 즐거워한다. 영화에서처럼 신이 우리에게 그런 실수를 할 리는 없겠지만, 만

박은정

약 자신의 '죽음 시간'을 미리 알게 된다면, 날씨가 아무리 좋아도 무슨 감흥이 있을까. 좋아하는 사람에게 고백을 받은들 무슨 환호가 나오겠는가. 지구종말시계나 예언자들의 종말 예언도 마찬가지이다. 언제 끝날지 모르는 인생이기에 하루하루 열심히 살고 열심히 놀 수 있다면 그것이야말로 괜찮은 인생이 아닐까.

만 3년의 직장 생활에 종지부를 찍고 퇴직금이라는 이름으로 통장에 들어온 돈은 800만 원 남짓이었다. 누군가에는 적고 누군가에는 큰 금액일 이 돈을 나는 어떻게 하면 미련 없이 없애버릴 수 있을까 생각했다. 그것은 내게 3년 동안의 고단함을 떨쳐버릴 절호의 기회였으니까. 월급은 한 달을 살아내기에 늘 빠듯했었다. 달마다 나가는 돈은 월세와 핸드폰 요금, 그리고 술값과 약간의 식비, (식비보다 술값이 더 많이 나가는 게 항상 아이러니지만) 그리고 공과금과 청약적금 정도인데, 통장은 언제나 재빨리 텅장이 되었다. 돈만큼 쉽게 없어지는 게 또 있을까 싶을 만큼 이 돈이라는 재화는 내게 어차피 떠날 놈을 보는 심정과 같았다고나 할까. 그래! 어차피 떠날 놈은 쿨하게 보내주자. 이것이 내 인생 철학(?)이자 모든 연애의 모토였지만 나는 내가 봐도 짠할 만큼 매번 사랑에 매달렸다. 아무튼 나도 남들만큼 열심히 살았다고 생각하지만, 왜

17

한 번도 여유 있게 흥청망청 인생을 즐긴 적이 없었을까. 생각해보면 한 번뿐인 인생이고 언제 끝날지 모를 인생인데 억울했다. 이러자고 세상에 나온 게 아닐 텐데. 인생은 한 번도 내게 쉬운 적이 없었고, 그렇다고 남들만큼 여유 있는 미래가 보장되지도 않았다. 그러니 아무리 성격 좋은 사람이라도 빈정이 상하지 않겠는가. (그렇다고 내가 성격이 좋은 사람이라는 건 아니다….)

이번만큼은 돈이라도 흥청망청 써보자 다짐했다. 어릴 때부터 어머니께 주로 들은 핀잔이 "니가 세상에서 젤 잘하는 게 돈 쓰는 거"라는 말이었다. 지금 생각해보면 참 야박한 말이었지만 부인할 수 없는 말이기도 했다. 나는 1,000원을 받으면 그날 1,000원을 다 쓰고 남동생에게 500원을 빌려서 과자를 사 먹는 아이였고, 그걸 들킨 날에는 호되게 혼이 나서 울먹거리기 일쑤였다. 어릴 적부터 나의 '흥청망청 재능'을 온몸으로 느끼고 있었으므로, 돈을 쓰는 데는 누구보다 자신 있었다. 그러니까 아무도 모르게 꼭꼭 숨겨놓은 나의 재능이 빛을 발할 시기가 왔

박은정

다고나 할까. 사실 800만 원이라는 돈은 명품 백 두세 개만 사도 끝날 금액이지만, 그렇게는 쓰고 싶지 않았다. 아주 다채롭고 가볍게 왕창왕창 마구마구 쓰고 싶었다. 가볍게 살고 싶었다. 어른들이 말하는 인생이 아닌 '내 인생'을 살고 싶었다.

먼저 이사 날짜가 다가오고 있었으므로 이사 비용에 일부분을 쓰고 새로 이사한 집에 맞춰 인테리어용 가구를 샀다. 퇴직 전부터 슬로베니아로 가겠다던 다짐은 코로나 때문에 자의 반 타의 반 접고 말았다. 슬로베니아는 드라마 〈디어 마이 프렌즈〉의 촬영 장소라서 꼭 가보고 싶었던 곳이다. 주황빛 지붕들이 오종종 모인 그곳에서 조인성이 청혼을 하려고 뛰어가던 광장이며, 시원하게 펼쳐진 해변도로를 걷고 싶었다. 배낭을 메고 허리에는 티셔츠를 질끈 묶은 이방인이 되어 트램을 잘못 갈아타기도 하고 다리를 주무르며 엄살을 부리는 내 모습을 상상하면 입가에 절로 미소가 지어지곤 했다. 하지만 현실은 장거리 비행을 해봤자 자가격리 2주. 그래서 대안으로 생각한 게 두 번의 제주도 여행이

종말이 오기 전에 폴짝!

었다. 저렴하지만 깨끗한 호텔을 잡아서 며칠간 머물렀다. 혼자 버스를 타고 제주도 일주를 한 저녁이면 한적한 술집에 가서 맥주를 마셨다. 가슴속 체증이 조금씩 내려앉는 것 같은 날들이었다. 그리고 오랫동안 장바구니에 담아두기만 했던 책들을 사고, 좋아하는 친구들에게 술을 샀다. 평소에 못 먹던 한우도 석쇠에 착착 구워 먹고, 걷기 싫으면 택시도 마구 탔다. 아니, 택시를 잡는 손이 이렇게 가벼울 일이냐?! 그러다 매주 월요일이 오면 설레는 걸음으로 로또를 샀다. 남들은 당첨이 안 돼도 나는 운이 좋으니까 1등 정도는 하지 않을까라는 헛된 기대(사람은 나쁜 일은 타인에게 일어나고 좋은 일은 자신에게 일어날 거라 생각하는 이상한 버릇이 있다.)로 로또를 사고 또 샀다. 생각해보면 나는 운이 좋았던 적이 별로 없었는데도 말이다. 그러니까 돈은 쓰고자 하면 마을을 덮치는 쓰나미처럼 쓸 일이 넘쳐흘렀고 하루가 다르게 통장의 잔액은 게 눈 감추듯 순식간에 줄어들었다. 그래서, 나는 지금 절벽 아래로 떨어지고 있는가?

마음먹은 대로 흥청망청 퇴직금을 쓰는 동안, 가슴속 응어리가 조금씩 풀리고 있었다. 그때 생각했다. 이것은 그저 돈을 흥청망청 쓰는 것이 아니라 나에 대한 정당한 보상이다. 응당 받아야 할 보상을 받지 못해 울증과 광기의 조증으로 헤매던 날들이 지나고, 이제 나는 누구보다 귀한 사람이라는 생각. 그 누구도 아닌 나 자신이야말로 내 인생의 주인으로서 나를 귀하게 여겨야 한다는 생각이 들었다. 그러니 인생에서 아주 가끔, 이렇게 탕진한 인간으로 살아봐도 좋지 않겠는가.

박은정

어느덧 태풍이 몰아치던 여름이 지나고 청명한 가을바람이 분다. 몇 개월 동안의 '흥청망청' 인생을 보내면서, 나는 내가 무엇을 두려워하고 있는지, 무엇을 사랑하고 내일은 무엇을 향해 달려갈 건지를 생각했다. 어른들이 말했던 '절벽'은 낮은 언덕배기였고, 또한 그 '절벽'만이 길은 아니었다. 나는 그 언덕을 내려와 다시 다른 길로 향할 힘을 장전했다. 꽤 많은 총알이 호주머니에 두둑했고 그 호주머니에 손을 넣으면 누구보다 따뜻한 기분을 느낀다. 지구종말시계가 언제 끝날지는 아무도 모른다. 지금처럼 한 치 앞을 보지 못하는 무지한 인간인 채로 순간순간을 열심히 느끼고 즐긴다면, 그게 신이 이 세상에 나를 내보낸 이유가 아닐까. 나는 오늘도 흥청망청 자신을 사랑하고 폴짝폴짝 뛰어서 하늘을 본다. 텅 빈 통장에 하늘이 노랗게 보일지 모르지만, 내가 고개를 숙이지 않는다면 오늘의 하늘은 어느 곳의 천국보다 가까이 있을 것이다.

박은정

2011년 시인으로 등단하여 시집 『아무도 모르게 어른이 되어』, 『밤과 꿈의 뉘앙스』를 출간했다. 주로 밤에 술을 마시며 글을 쓰고, 아주 소수의 사람들에게 외롭다며 술 투정을 하기도 한다. 빛은 무섭고 싫지만 밤은 영혼의 천국이라고 생각한다. 고독한 혼잣말을 좋아하지만 무턱대고 다정한 사람이 되고 싶기도 하다.

종말이 오기 전에 폴짝!

새

●

이병률 시

고가 밑 도로가에 남는 공간이 있는데

그곳에 자꾸 뭔가를 방치하거나 버리려는 사람들이 있어

시(市)에서는 철조망을 설치해 그곳을 막아 가렸다

철조망의 높이는 사 미터가량

철조망 안의 공간은 텅 비어 놓고 있었다

철조망을 어떻게 넘었는지 한 사내가 그 안으로 들어갔다

그 안에서 잤으며 그러다 앙상해졌으며

간혹 그것을 보다못한 지나는 사람들이

철조망 그물에 음식을 끼어 넣어주곤 하면서부터는 그것으로 연명

했다

어느덧 그는 감추려 해도 감출 것이 없어졌다

그 안에는 작은 나무 한 그루가 자라나기 시작했다

나무 주변으로 늘어붙었던 그의 배설물들이 비를 맞았다

이제는 그에게 옷을 가져다주는 사람도 있었다

고무호스를 연결해 그가 물을 사용하게 해야 하는 게 아니냐는 사람도 나왔다

시는 그에게 전쟁의 냄새가 난다면서 그를 꺼내 처분하기로 했다

한두 사람은 그를 꺼내면 안 된다고 철조망 주위로 모여 시위하기 시작했다

나무가 조금 더 자라는 사이, 더 많은 사람들이 철조망 주변으로 모여들었다

이병률

햇빛이 시큰거려 눈을 뜬 사내는 운집해 있는 사람들을 향해 미소 지었다

그가 무슨 말을 하려 할 때마다 무슨 말인지도 모르면서 사람들은 환호했다

어기적어기적 몸짓을 하면서 양팔을 쳐든 것은 사내였다

그때 사람들 무리 속에서 자신을 향해 새총을 겨누고 있는 소년과 눈이 마주쳤다

사실 사내가 눈을 맞춘 것은 세상 쪽이 아니라 하늘이었다

이병률

《한국일보》 신춘문예로 등단하였고 방송, 출판 일과 여행을 병행하면서 살아왔다. 최근 시집 『바다는 잘 있습니다』를 비롯해 사진을 곁들인 산문집 『혼자가 혼자에게』 등이 있다.

경력

탕진잼

●

조수진

2011년 10월 어느 날 아침 출근 시간 서울 중구 한 4차선 횡단보도. 신호등이 녹색으로 바뀌고 길을 건너기 위해 발을 내디뎠던 찰나였다. 파란색 승용차가 굉음을 내며 눈앞을 쌩 지나갔다. 손 한 뼘 정도 되는 거리였을까. 옆에 서 있던 두어 명이 놀라 소리를 질렀다. 1초만 빨리 발을 뗐다면 치일 뻔한 상황이었다. 하지만 나를 놀라게 했던 건 그 때문이 아니었다. 내 눈앞에 있던 18층짜리 건물. 1초만 빨리 발을 뗐다면 오늘은 저곳으로 들어가지 않아도 됐는데…. 간발의 차로 사고가 날 수 있었던 순간, 내 머릿속을 가장 먼저 스쳐 지나간 건 '아쉬움'이었다. 짧은 순간이었지만 몸을 다쳐서라도 출근을 하고 싶지 않다고 생각한 건 분명 '정상'이 아니었다. 정상이 아닌 아쉬움은 내내 머리를 맴돌았다. 내 삶이 잘못 굴러가고 있는 건 아닌지 물음이 생기자 전과 같은 일상으로 돌아갈 수 없었다.

경력 탕진잼

대학교를 졸업한 이듬해 들어간 외국계 회사였다. 상사나 동료, 후배와 사이가 좋아 지금까지도 연락하며 지내는 이가 몇몇 있다. 업무 평가가 나쁘지 않아 동료들 가운데 높은 수준의 성과금을 받았고 승진도 빠른 편이었다. 소위 '괜찮은' 회사 로고와 내 이름이 함께 박힌 명함은 가족을 흐뭇하게 했고 주위 사람들의 부러움을 샀다. '행복한 삶'이라는 목적지까지 경로 이탈 없이 제대로 가고 있다고 여겼다. 과연 이 길이 맞는지 고민할 필요도 없었다. 남들의 평가라는 정확한 '내비게이션'이 있었기 때문이다.

입사 후 처음 2년은 인정받는 회사원이라는 궤도에 오르기 위해 안간힘을 썼다. 누구나 좋아하는 신입사원이 되는 데엔 특별한 능력이 필요하지 않았다. 동료가 꺼리는 일을 도맡아 했고 싫은 티 없이 항상 밝고 씩씩하게 굴었다. 회사 생활에 모든 에너지를 쏟다 보니 집 청소는 커녕 2년이 지나도록 이삿짐도 모두 풀지 못했다. 상사가 원하면 언제든 야간 근무를 할 수 있도록 개인 약속을 거의 잡지 않았다. 그 당시 내 몸엔 보이지 않는 플러그가 있었다. 11층 사무실에 설치된 콘센트에 꽂기만 하면 쾌활하고 야무지게 일하는 신입사원에 전원이 들어왔다. 퇴근하며 플러그를 뽑아버리면 전원이 나갔다. 사무실 화장실 거울에 비친 내 얼굴에서 반짝거리던 빛은 우리 집 화장실 거울에서 볼 때면 꺼져있었다.

조수진

이상 증상이 나타난 건 입사하고 세 번째 봄을 맞을 무렵이었다. 직장과 집이 아닌 일상을 둘러볼 여유가 생기자 통장에 잔액이 남아 있는 걸 못 견뎠다. 입금되는 족족 모두 소비하는 습관이 생겼다. 월급이 들어오는 날이면 퇴근 후 회사 근처 백화점으로 가서 명품 화장품과 명품 가방, 액세서리를 샀다. 옷가게에 들어서면 흰색을 살까 검은색을 살까 고민할 일도 없었다. 둘 다 사면 되니까. 한 달에 한 번은 항상 미용실에 들러 고급 클리닉 서비스를 받았다. 짠맛이 가미되면 단맛이 더욱 커지듯 과소비에 따른 약간의 죄책감은 더 큰 짜릿함을 가져다줬다. 신용카드 명세서를 보며 '이러면 안 되는데' 하면서도 다음 월급이 들어오면 또다시 백화점을 향했다. 어수선한 집 곳곳에 한 번도 입지 않은 옷, 포장을 뜯지 않은 화장품이 쌓여갔다. 스트레스를 푸는 취미일 뿐이라며 대수롭지 않게 여겼다.

잔고를 탕진하려는 습관은 4년 동안 이어졌다. 그리고 내가 가진 '내비게이션'에 의심을 품기 시작했던 그 사건. 차에 부딪히지 못한 '아쉬움'이라는 이물감은 갈수록 커지며 내 삶에 제동을 걸었다. 잠에 드는 시간이 점차 길어졌다. 불면증이 심해져 다음 날 회사 업무를 하기 힘들 정도였다. 60시간이 넘도록 한숨도 잘 수 없었던 날 결국 수면제를 처방받기 위해 정신과를 찾았다. 담당 상담의는 통상적인 절차라며 수백 개에 이르는 질문지를 건넸다. 이상한 경험이었다. 특정한 상황에서 내

기분이 어떤지 묻는 항목이 많았는데 '별 희한한 걸 다 묻네' 하면서도 쉽게 답을 못했다. 또 '우울'이라는 단어가 들어간 모든 질문에 '매우 그렇지 않다'라고 답을 했는데도 내 우울감이 '주의가 필요한 수준'이라는 결과가 나왔다. 의사의 권유로 10개월가량 매주 한 차례 상담 치료를 받았다.

수백만 원의 상담료를 지불하며 내가 얻었던 건 정답 그 자체가 아니었다. 대신 나라는 사람을 궁금하게 만들었다. 내가 나에 대해 질문을 하게 된 것이다. 보통 호감이 가는 사람에게 궁금한 게 많아진다고 생각하는데 사실 그 반대다. 궁금한 점이 점차 많아지는 그 사람을 알아가게 되면서 그 사람에게 마음이 가게 되는 거다. 내가 나에 대해 궁금한 게 많아지고 나를 알아가게 되면 나 자신에게 마음이 간다. 우리는 마음이 가는 누군가의 상태를 자꾸 살피게 되고 그 사람을 사랑하게 되면 어떻게 하면 그이를 진정 행복하게 할까 고민한다. 같은 논리다. 나를 자꾸 살피고 사랑하게 되면 어떡하면 내가 행복할 수 있을까 고민하게 된다.

우리는 생각보다 우리 자신에게 많은 질문을 하지 않는다. BTS가 '김떡순'을 좋아하는 이유는 알면서 내가 왜 '김떡순'을 좋아하는지 모르는 이유다. 그나마 내게 하는 몇 안 되는 질문은 정교하지도 않다. 나를 잘 알기 위해선 답하기 쉬운 질문에서 그치면 안 된다. 질문을 그친다는 것은 나를 잘 알 수 있는 기회를 놓치는 것과 같다. 그중에서도

조수진

명사로 딱 떨어지는 질문은 그리 좋은 질문이 아니다. 나라는 사람은 'A회사 대리'라거나 '30대 여성'이라고 소개하기엔 훨씬 더 풍부하고 입체적인 존재다. 최근 유행하는 16개의 유형으로 설명이 가능한 사람은 없다.

자신에 대해 잘 알지 못하는 이들은 줄곧 자신의 행복을 입체화하기를 거부한다. 모든 질문에 (실제로 존재하지 않는) 정답을 선택하도록 의식적으로든 무의식적으로든 강요돼 왔기 때문이다. 학교에선 절대 같을 수 없는 학생 개개인이 가진 의견과 논리를 묻는 논술에서도 정답을 외우도록 교육받았다. 나만의 답이 필요한 질문에 고민할 시간이 충분히 주어지지 않았다. 내가 경험한 학교와 사회는 욕망마저도 표준화해 가르쳤다. 자신이 원하는 것을 스스로 정의하고 만족하게 두질 않는다. 내가 주체가 되는 삶을 사는 방법을 알지 못했다. 서른 살이 넘어서야 처음으로 나를 향해 단답형으로 떨어지지 않는 질문을 해가며 나를 알아가기 시작했다.

'괜찮은' 대학을 나와서 '괜찮은' 직장에 들어가 '괜찮은' 회사원으로 인정을 받으면서도 행복하지 않았다. 내가 행복하지 않다는 것조차 느끼지 못했다. 보이지 않는 플러그에 작동되도록 나를 내버려뒀다. 직장 생활을 하며 내가 탕진했던 것은 계좌 잔고가 아니었다. 내가 주체로 살아갈 수 있는 시간과 자유를 탕진하고 있었던 것이다. 그에 대한 보상으로 밑 빠진 독에 물 붓듯 카드를 긁었다. 찰나의 길티 플레져로 행복하다는 환상을 겨우 이어갔다. 하지만 이마저도 한계가 있어 무의식적으로 교통사고를 바라며 출근을 거부하기에 이르렀다. 이후 나를 알아가는 과정을 거치며 결국 사표를 냈다. 잘못된 경로를 벗어나야 진짜 내가 원하는 목적지에 갈 수 있었기 때문이다. 퇴사를 결정하고 실행하기까지 1년이 걸렸다. 당시엔 성공하지 못했지만 가족을 설득하는 과정이 가장 힘들었다. 이 세상에서 끝까지 나를 지지해줬으면 하는 사람들의 얼굴에서 실망하는 표정을 마주하는 순간이 끔찍하게 두려웠다.

그 어려운 걸 해내기까지 결정적인 도움을 준 건 '용기' 따위가 아니었다. 안정적인 경력과 가족의 기대라는 중력 궤도에서 벗어나기 위해선 나 자신을 잘 알고 믿는 것 이상의 힘이 필요하다. 나를 믿고 아끼는 동시에 특정한 삶의 방식을 요구하지 않는 이들. (엄밀히 말하자면 가족들은 그들이 정한 행복이라는 기준에 맞춰 사는 구성원을 선호한다.) 내겐 고등학교 동창 친구 두 명이 있었다. 그들은 내가 흔들릴 때마다 함께 밤을 지새우며 나를 단단히 붙잡아줬고 불확실한 미래를 불안해할 때면 나 자신을 믿을 수 있도록 지지해줬다. 남들은 "배부른 고민"이라며 내 불행을 가볍게 여길 때 이들은 한마디라도 놓칠세라 내 말에 귀를 기울여줬다. 내가 몰랐던 내 가능성을 알아봐줬고 간혹 잊어버릴 때마다 상기시켜줬다. 내비게이션이 있던 삶과 없는 삶 사이 임계점을 넘어설 수 있었던 건 두 친구 덕분이었다.

첫 퇴사 후 대학교 전공이나 경력과 전혀 관련이 없는 대학원을 다

조수진

넀고 공공기관에서 홍보 콘텐츠를 만드는 일을 했다. 친구가 연출한 영화에 단역으로 출연한 경험(무려 1인 4역)도 있다. 그러곤 17년간 서울 생활을 뒤로하고 홀로 제주도로 왔다. 이곳에서도 직장을 세 차례 옮겼다. 그야말로 경력 탕진잼을 만끽하며 살고 있다. 모든 순간이 즐겁다고 말할 순 없지만 내일, 그리고 내년을 궁금해하며 산다. 10년 전보다 월급이 절반으로 줄었지만 통장 잔고는 오히려 (아주 약간) 늘었다. 쇼핑으로 욕망을 채워 넣을 필요가 없어졌기 때문이다.

남들이 정한 행복에 맞춰 사는 것은 한눈팔지 않고 내비게이션에만 집중하는 운전과 같다. 조금이라도 경로에서 벗어났다고 느끼면 불안에 시달릴 수밖에 없다. 반면 내가 원하는 행복한 삶을 산다는 것은 마치 흐르는 물 위로 유영하는 것과 같다. 가볍고 자유롭다. 어디로 흘러가든 물결에 몸을 맡기기만 하면 된다. 나를 믿는 힘은 안전한 구명조끼와도 같아서 센 물살에도 불안하지 않다. 내가 나로서 산다는 것은 생각보다 쉽고 안전하다. 물 위에 내 몸을 띄우기만 하면 된다. 그러려면 내게 질문을 던지는 일부터 시작해야 한다.

조수진
은행원과 공무원, 독립영화 단역배우였던 적이 있고 지금은 언론사와 미등록외국인노동자 인권단체, 환경단체에서 활동하고 있다. 대구, 안동, 제천, 서울을 거쳐 2016년 8월 제주도민이 되었다.

흥청망청
살아도
우린 행복할
거야

한경록

'흥청망청 살아도 우린 행복할 거야'라고 희망사항 같은 주문을 걸어 보지만, 세상살이 만만치만은 않다는 걸 우리 모두는 알고 있다.

흥청이 과하면 망청이 되겠지만, 흥을 잘 다스리면 리듬감이 생기고 삶의 활력소가 된다.

어찌 보면 인생은 팽이 같다.

비틀거리는 팽이처럼 정신줄 놓고 놀다가도 어떤 불안을 감지하면 우리는 스스로 채찍질을 해야 한다.

안정적인 팽이 같은 삶을 살기 위해서는 적당한 채찍질이 필요하지만, 너무 많은 채찍질은 인생을 아프게 하고 재미없게 한다.

심지어는 스스로가 원한 채찍질이 아니라, 채찍질할 타이밍이 아닌데도 왠지 채찍질을 해야 할 것만 같은 암묵적인 사회적 분위기 속에서 평생 채찍질만 하다가 혹은 과도한 스매싱 빈도수에 리듬을 잃고 어이없이 쓰러져버리는 팽이들도 있다.

적당히 비틀거려야 채찍도 덜 맞고 나름 드라마틱한 궤적을 그릴 것이며, 팽이놀이의 즐거움을 맛보고 보는 이들도 짜릿한 재미를 느낄 것이다.

지금 추락해도 어색하지 않은 파란 가지 위에 술 취한 나비처럼, 25년 동안 크라잉넛으로 활동하며 쓰러질 듯 말 듯 아슬아슬하게 드리프트하는 팽이같이 오두방정을 떨며 흥청망청 살아온 나의 이야기를 살짝 해볼까 한다.

1995년도 홍대의 작은 클럽 '드럭 DRUG'이라는 곳에서 초·중고등학교를 함께 나온 친구들과 결성한 '크라잉넛'이라는 팀으로, 여기저기 부딪치고 와장창 무너지며 힘차게 팽이를 굴리기 시작했다.

음악 생활을 하면서 첫 번째 관문은 한경록 가문의 수장인 아버지와의 한판 승부였다.

승부였다기보단, 매일같이 혼나고 집 안 가구들이 중력을 잃고 날아다니며, 친구에게 빌려온 베이스 기타까지 때려 부서지는 날들이었다. (지금 생각해보니 아버지도 기운이 펄펄 넘치실 때였다. 젊으셨네. '아버지, 제 기타 마음껏 부셔도 괜찮으니 오래오래 건강하게 만수강무하시길….')

단순히 음악을 한 죄로 혼났다기보단, 음악으로 인한 부수적인 요인이 컸다.

친할아버지를 비롯한 한경록 아버지의 형제 라인이 홍선대원군 저리 가라 할 만큼 보수적이고 소위 친유교적인데다가 기독교까지 결합된 복잡하고 엄한 집안이었다.

그런 아버지의 시선으로는, 나의 시대를 앞서가는 패션과 라이프 스타일이 영화 속 악당 캐릭터나 상급 불량 청소년으로 비쳤으리라!

나는 항상 자유와 낭만을 표현하기에는 아버지라는 어마무시한 공포를 뛰어넘어야 했다. 지금이야 염색에 타투 피어싱이 당연스럽고 자연스럽지만, 1995년도에는 남자가 귀를 뚫는 것도 색안경을 끼고 바라봤다.

홍청망청 살아도 우린 행복할 거야

대학교 시절 부전공으로 시문학 수업을 듣는데, 노 교수님께서 나를 보고

"학생 귀걸이가 참 잘 어울리는군!"이라고 하셨다.

"감사합니다.".

"참 잘 어울린다고!"

"아, 네 감사합니다."

"…."

"빼라고 이 자식아!"

나는 학생들에게 웃음거리가 되고, 몸소 리얼로 '반어법'을 체험할 수 있었다.

시문학 수업답게 참교육을 가르쳐주신 교수님께 다시 한 번 감사드린다.

그때는 엄청난 제약이 많았다. 방송국을 가도 남자가 염색한 머리는 검정 스프레이를 뿌려야 했고, 피어싱도 다 빼야 했다.

아무튼 그 당시 나는 귀 뚫고 코 뚫고 총천연색으로 염색하고 개 목걸이 차고 가죽 재킷을 입고 다녔다.

힘들게 점수 맞춰서 들어간 대학교에서 첫 번째 학사경고를 맞고 자랑스럽게 집에 들어가던 날. 난 아직도 그날을 잊을 수 없다.

우리 집 가구들과 악기들은 유난히 힘차게 공중 부양을 한 채로 날아다녔고, 심지어는 선풍기까지 프로펠러 돌듯 날아다녔다.

음악 당장 때려치우라고 하셨다.
음. 왠지 나라도 그랬을 것 같다.

그 당시 친구도 놀러 온 상태였는데, 분위기 파악할 수밖에 없는 친구는 진작에 도망갔고, 나는 한참을 혼난 뒤 분하고 창피한 마음에 화장실에 가서 훌쩍거리며 세수를 하며 '씨발'이라고 중얼거렸다.
이런 된장 맞을… 화장실 문 앞에서 아버지가 기다리고 있었다.
"너 지금 뭐라고 했어?"

홍청망청 살아도 우린 행복할 거야

서로 황당하게 1, 2초 정도 노려보다가, 눈을 내리깔며

"신발… 이요. 물이 들어가서… 양말이 젖었네…." 하고 방으로 들어

왔다가, 나름 가출을 목적으로 집을 나왔다가, 돈이 한 푼도 없고 갈 곳

도 없어서 다시 새벽에 집으로 들어왔다.

조금 억울했던 것은 우리 집에서 내가 가출한지도 몰랐다고 한다.

미필적 외출 이런 건가?

한경록

꾸며낸 얘기 같지만, 크라잉넛과 나의 얘기를 합치면 이 정도는 조족지혈이다.

크라잉넛 기타 상면이와 드럼 상혁이 쌍둥이네 어머님께서는 이런 말씀을 하신다.

"그래도 너네 집은 한 명이지만, 우리 집은 두 명이었다."라고….

나중에 형한테 그 당시 상황을 들어보니, 여동생이 집안이 다 부서지는 줄 알고 형한테 전화를 했었다고 한다. 형은 내가 어떻게 될 줄 알고 걱정을 많이 했다고 한다.

아무튼 그래도 나는 자유의지를 멈출 수는 없었다.

다음 날 아무렇지도 않게 개 목걸이를 차고 기타를 메고 클럽 '드럭'으로 향했다.

'될 대로 돼라.'라는 생각이었을까?

친구들과 음악 하는 게 무작정 좋았다.

홍청망청 살아도 우린 행복할 거야

친구들과 만들어내는 하나하나의 음표들이 포개지며 굉음을 내고,
음악이라는 것이 되고, 혼동 속에서도 날것의 아름다움이 있었다.

그거면 됐다.
별생각 없었다.
술과 음표의 나날이었다.

무언가 두려움을 이겨냈다기보단
아무 생각 없이 즐겼다.

물론 불안한 마음이 있었다.
그래도 나의 선택은 언제나 자유였다.
표현하고 싶었다.

살아 있다고….

유치하기 짝이 없지만,

아니 씨발 유치하면 어때….

그래봤자 똑같은 인간이고 어차피 다 죽을 텐데….

한경록

일주일이 지나고 부모님과 친구 분들이 클럽 드럭으로 우리 공연을 보러 오셨다.

뻘쭘한 것도 잠시, 무대 위에서 친구들과 하던 대로 했다.

아버지가 공연이 끝나고 나서,
"잘하네." 하셨다.

자식 이기는 부모가 어디 있더냐!

이렇게 아버지와 나는 시원하게 맥주를 나누고 기분 좋게 풀었다.

물론 지금은 친구처럼 친하게 지낸다.
유튜브도 가르쳐드리고, 넷플릭스 보는 법도 가르쳐드린다.

아버지도 첫 인생이셨고, 나도 첫 인생이니 아름다운 마찰이었던 것 같다.

그 당시 시간이 좀 지나고 엄마한테 물었다.

"엄마 그때 왜 그렇게 패션 하고 음악 하는 거 가지고 뭐라 하고 혼냈어?"

홍청망청 살아도 우린 행복할 거야

"얘 로큰롤은 반항의 음악이잖니? 제약이 있으니까 반발 심리로 이렇게 재미있게 음악 하는 거잖아."

'인생….'

한경록 엄마도 이야깃거리가 한 보따리인데, 지면 관계상 생략합시다.

갈 길이 멀다.

아무튼 그렇게 망아지들 같던 크라잉넛의 질주는 계속된다.

크라잉넛은 모두가 애주가다.

술에 관한 에피소드를 빼놓을 수가 없는데, 1997년쯤 '서울대 소란 페스티벌'로 기억된다.
그 당시 우리는 같은 클럽에서만 자주 공연을 해서 딱히 리허설 개념이 없었다.

흥청망청 살아도 우린 행복할 거야

그런데 우리 보고 공연은 저녁 8시 정도인데, 낮 12시 정도에 리허설을 하라고 했다.

리허설은 30분 만에 끝났고, 우리는 남는 시간에 뭘 해야 할지를 몰랐다. 그래서 당연히 축제에 들어온 포장마차에서 신나게 소주를 마셔댔다.

서너 시간이 지났을까? 이미 만취했고, 공연 시간이 돼서도 술이 깨지 않아서 무대 위에 올라가긴 했는데, 베이스 앰프에 기대서서 잠들었다고 한다.

기억이 나지 않는 잊을 수 없는 공연 중 하나다.

지금이야 아마추어 같은 행동으로서 절대로 있을 수 없는 일이지만, 철부지 시절 '소란' 페스티벌이라면 이름에 걸맞게 이런 놈도 필요한 거 아니냐고 객기를 부렸던 것 같다(청소년 여러분들은 절대로 따라 하지 않으셔도 됩니다).

재미있는 것은 나 하나쯤 제 역할을 못 해도 공연이 얼추 잘 굴러간다는 점이다.

이런 위기의식. '이거 제대로 해야겠는걸….' 하고 여러 가지 시행착오를 내 몸으로 적셔가며 빅데이터를 구축해갔다.

공연 몇 시간 전 정도부터 얼마큼 마시면 기분 좋게 취한 상태로 긴장도 풀고 좋은 연주가 되는지 경험을 쌓고 있다. 물론 아직까지도 진행형이다.

한경록

좋아하는 술을 마시며 출근해서 근무를 해도 되는 직장이니 얼마나 감사할 일인가?

좀 재미있는 부분만 글로 썼지만 25년 동안 왜 힘든 일이 없었겠나?

공연하는 클럽이 유흥업소로 등록이 안 돼서(예전 라이브 클럽은 유흥업소가 아니면 불법이었다.) 영업정지도 먹고, 클럽 경영난 악화로 여러 번 문 닫을 뻔했고, 군대도 다녀오며 공백기도 있었고, 음악적인 슬럼프도 찾아왔다.

그래도 힘든 일보다는 즐거웠던 일이 더 많았던 것 같다. 힘들었던 과거를 기억하며 쓴 술잔을 넘기느니, 어차피 선택한 일 즐겁게 땀 흘리고 시원하게 한잔하는 것이 더 좋지 아니한가!

탕진잼이란 한순간 다 쓰고 죽자라는 느낌보다는 소소하지만 즐거운 요소들을 찾아내어, 사소한 일상이라도 깔깔거리며 나에게 주어진 길을 걸어가는 게 아닐까?

팽이를 돌리다보면 꼭 원하지 않는 방향으로 갈 때도 있고, 자갈이나 움푹 팬 곳에 걸려 비틀거릴 때도 있다. 그럴 때 우리는 원망하듯 팽이를 채찍질해서는 안 된다. 단순하고 똑같은 채찍질 같지만 미세하게 방향도 잘 잡고 섬세한 세기와 좋은 마음으로 달래듯 채찍질을 해야 한다.

그게 왠지 인생같이 느껴진다.

홍청망청 살아도 우린 행복할 거야

글을 쓰다 보니 너무 술 얘기가 많이 나온 것 같은데,
쾌락에는 대가가 있다.

숙취를 부정하는 순간 진정한 술꾼이 아니다.
쾌락, 탕진잼을 즐기려면 각오가 되어 있어야 한다.

술 마신 다음 날 숙취 우울감을 이겨낼 자신이 없으면, 차라리 안 마시느니 못하다.
아무런 대안 없는 탕진잼은 그저 추락일 뿐이다.

때로는 무모해야 한다.
하지만 우리가 탕진잼을 즐기는 방법은 단순히 추락으로 끝나버리는 1회성 쾌락이 아니라, 낙하하는 에너지를 이용해서 방향을 살짝 비튼다면 어느 정도는 다시 날아오를 수 있는 '비행'인지도 모르겠다.
어느 정도 자신에 대한 믿음과 노력이 필요하다.

원체 몸 쓰면서 노는 것도 좋아하고 운동도 좋아하는 성격이라, 음악 생활을 하면서 운동의 끈을 놓아본 적은 없다.
수영, 달리기, 자전거, 복싱 제대로 하는 것은 없지만 그렇다고 아예 젬병도 아니다.
슬기로운 탕진 생활을 하기 위해서는 꼭 운동을 하기 추천한다.

운동할 시간이 없거나, 운동신경이 없다면 일단 밖으로 나가서 걷기라도 하시라! 분명 한결 나아질 것이다.

복싱은 띄엄띄엄 7년 정도 한 것 같은데, 복싱 프로 테스트도 했었다. 물론 결과는 탈락이었다. 감량이란 것도 해보고, 링 위에서 헤드기어도 없이 웃짱 까고 일대일로 붙어본 것도 좋은 경험이었다. 도망칠 수 없는 사각의 링 위에서 잠시 느낀 것은 세상살이 만만치 않고 생각대로 되지 않으며, 맞으면 몹시 아프다는 것이다.
살짝 무대와 비슷한 느낌도 있다.

프로 테스트가 끝나고 다음 날 마침 레코딩이 있었다.
전날 마신 술은 덜 깨고 입술은 터져 있고 팅팅 부은 얼굴로 노래를 불렀다.

가끔 이 노래를 들으면 좀 아프면서도 씩 웃어진다.

내가 노랫말을 붙이고 크라잉넛이 편곡하고 다시 부른 〈MY WAY〉이다.

"흥청망청 살아도 아직 쓰러지지 않았다."라고 비장하게 말하기보다,
"이렇게 살아도 괜찮다, 팽이는 아직 돌아가고 있다!"라고 따뜻하게 말하고 싶다.

크라잉넛, 〈My Way〉 뮤직비디오 스틸컷

끝으로 '크라잉넛'의 〈마이웨이〉로

나의 탕진 스토리를 마무리 지어볼까 한다.

내 나이 서른두 살 어린 나인 것 같아. (하하하)

오 친구여 술이 안 깨 하지만 내 꿈들은 깨졌지.

인생 별거 있어 노래하다 떠나는 거지.

눈먼 철새들의 길 잃은 마이웨이.

세상살이 쉽진 않지 욕도 많이 처먹었지.

그래도 난 노래했지 계란으로 바위 쳤지.

이것이 내 가야 할 길.

앤디릿 마이웨이.

— 크라잉넛, 〈My Way〉 중

한경록

25년 차 펑크록밴드 크라잉넛의 베이시스트이자, '캡틴락'이라는 이름으로 솔로 정규 1집 앨범을 발표하고 왕성하게 활동하고 있는 뮤지션이다. 한경록이 속해 있는 밴드 크라잉넛은 1995년부터 홍대 클럽 '드럭'에서 공연을 시작해, 대한민국 최초의 인디 앨범인 〈Our Narion〉을 시작으로 2018년 정규 8집 앨범 〈리모델링〉을 발매했으며, 2020년에는 크라잉넛 25주년 베스트앨범을 발매하며 활발하게 활동 중이다.

홍청망청 살아도 우린 행복할 거야

짜다고
철든 건
아니다

●

김봉현

"글을 시작할 때 사전적 정의는 되도록 가져다 쓰지 마세요. 오히려 글이 진부해 보입니다." 평소 글쓰기 강의를 할 때 사람들에게 자주 하는 말이다. 실제로 종종 이런 글을 본다. 그리고 그런 글을 볼 때마다 이런 말을 한다. 오늘도 이 말을 할 수밖에 없다. 이제 그런 글을 볼 예정이기 때문이다.

　"탕진잼(蕩盡-)은 탕진하는 재미에서 나온 대한민국의 신조어로, 자신의 경제적 한도 내에서 마음껏 낭비하며 느끼는 즐거움을 뜻한다. 저성장 시대 젊은 층의 불안감을 반영하는 소비 트렌드로도 분석된다."

짜다고 철든 건 아니다

탕진이란 단어는 어릴 때부터 익숙하다. 주로 뉴스 기사 같은 곳에서 접했다. "아무개, 도박으로 가산탕진." 즉 나에게 탕진은 절박한 단어였다. 그것은 진짜로 삶을 끝내버릴 수도 있는 두 글자였다. 그러나 그 뒤에 잼이 붙는 순간 단어는 가벼워진다. '자신의 경제적 한도 내에서'라는 단서가 붙고 어디까지나 '즐거움'이라는 가치 안에 종속된다. 노잼, 유잼, 탕진잼. 인생은 즐겁다.

탕진잼이란 단어가 왜 탄생했는지는 알고 있다. 이 단어에 얽힌 사회적 의미도 존중한다. 하지만 어딘가 모르게 이 단어는 불편하다. 나의 MBTI 유형은 INTJ이고 나는 지금 내가 왜 'S(감각형)'가 아니라 'N(직관형)'인지를 증명해야 하는 순간이라고 느낀다. 나의 직관으로 볼 때 탕진잼이란 단어 뒤에는 소비에 대한 엄숙주의가 있다. 미안하다, 하나 더 있다. 엄숙주의에 더해 고정관념도 있다. 즉 소비는 기본적으로 지양해야 하는 것이며 최대한 절제해야 맞다는 태도가 깔려 있는 것이다. 야! 한국 사회.

김봉현

한국 사회가 소비와 관련해 한동안 믿는 신이 있었다. 김생민이라는 신이었다. 몇 년 전, 〈김생민의 영수증〉은 신드롬을 일으켰다. 이 프로그램은 원래 특정 팟캐스트에 소속된 코너였지만 인기를 얻어 독립에 성공했다. 머지않아 팟캐스트 전체에서 1위를 했고 KBS에 편성됐다. 이 기세로 김생민은 〈라디오스타〉에도 출연했다. 확실히, 괄목할 만한 열풍이었다.

그런데 〈라디오스타〉에서 이슈가 하나 생긴다. 김구라가 김생민을 막 대했다는 논란이 발생한 것이다. 실제로 한 뉴스 기사는 당시 상황을 이렇게 전했다. 〈김구라는 인상을 찌푸리며 "짜다고 철든 건 아니다."라고 하는 한편 "김생민 씨 대본을 보면서 느낀 건데 왜 이런 행동을 하지? 우리가 이걸 철들었다고 해야 하는 건가?"라며 '절약하는 습관'을 조롱하는 듯한 발언을 했다.〉 그다음은 모두가 아는 바와 같다. 김구라를 향한 비난 쇄도, 김구라 하차 서명운동에 수만 명 참여, 김구라 사과.

형들 이거 나만 불편해? 정말 나만 불편했던 거야? 일단 김생민 개인에게는 불만이 없다. 매사에 과도하게 절약하는 그의 정신을 닮고 싶진 않지만 자기만의 방식으로 일가를 이룬 그를 존중한다. 그렇게 살수 있고 그것도 삶의 한 방식이다. 그러나 김생민에 자신을 이입한 후 김구라의 발언에 발끈한 사람들, 더 나아가 김구라를 퇴출시키기 위해 혈안이 됐던 사람들에게는 상당한 불만이 있다. 이 정도의 문제제기조차 수용하지 못하는 편협함, 다른 가치관에 관한 부족한 상상력, 연예인을 기어코 퇴출시켜야 자존감이 유지되는 마음의 상태 등이 그 이유다.

"짜다고 철든 건 아니다." 김구라가 했던 말이다. 이 말은 중요하다. 김구라는 김생민을 부정하거나 모욕하지 않았다. 그저 전통적인 기준과 태도에 의문을 제기했을 뿐이다. 이를테면 이런 것이다. "아껴야 잘산다, 무조건 절약해야 한다는 태도를 우리는 그동안 정언명령처럼 따랐습니다. 하지만 과연 그게 맞는 걸까요?" 김구라뿐이 아니다. 김생민이 은행에서는 꼭 치약을 얻어 와야 하고 커피를 자기 돈으로 사 마시는 건 멍청한 짓이라고 말할 때 래퍼 더콰이엇(The Quiett)은 이렇게 말했다. 나와의 대담에서 했던 말이다.

김봉현

"'오늘 번 거 오늘 다 쓰고 내일 또 벌어' 같은 가사를 저희가 한창 많이 썼어요. 물론 모두가 현실에서 정말로 저렇게 살 수 없다는 건 저희도 알아요. 하지만 저희가 말하고 싶었던 건, 사고 싶은 게 있다면 너무 고민하지 말고 그냥 사는 게 때로는 좋을 수도 있다는 거예요. 저희도 남들이 보면 쓸데없다고 느낄 만한 물건에 전 재산을 써본 적이 있는데 그로 인해 행복도 누려봤고 용기도 얻어 봤거든요. 그렇기 때문에 그렇게 하는 것도 때로는 나쁘지 않다는 말이에요. 하지만 사람들은 보통 '아껴야 잘산다'라거나 '내일을 위해 오늘을 참는다' 같은 철학을 많이 가지고 있잖아요. 그런 것에 대한 저희 나름대로의 반항 같은 것이었죠. 사실 세상의 많은 공식이나 사람들이 옳다고 믿는 것 중에는 틀린 것도 많거든요. 예를 들어 사람들은 지금 돈을 아끼면 20년 뒤엔 부자가 돼 있을 거라고 보통 생각을 해요. 그게 사람들이 부자가 되기 위해 보편적으로 택하는 방법이죠. 일단은 아끼는 것. 그런데 오히려 그 돈을 안 아끼고 그 돈을 써서 나 자신을 기분 좋게 만들고 나를 더 멋져 보이게 만들어서 부자가 될 수도 있거든요."

짜다고 철든 건 아니다

나는 지금 사람들에게 오늘 번 돈을 빨리 다 쓰라고 종용하는 것이 아니다. 다만 수많은 김생민 속에서 김구라의 의문이나 더콰이엇의 방식도 존중받고 공존할 수 있는 세상을 원하는 것이다. 더불어 실례가 안 된다면 혹시 엘피와 레트로게임 수집에 수천만 원을 쓴 나 역시 존중받을 수 있을지 문의하고 싶다. 나는 돈지랄을 하지 않았다. 나는 나를 행복하게 했을 뿐이다.

짜다고 철든 게 아니듯 쓴다고 철없는 건 아니다. 모든 절약이 존중받아야 하듯 모든 소비를 보는 관점도 존중으로부터 출발해야 한다. 다시 탕진잼의 사전적 정의로 돌아가 본다. '낭비'라는 두 글자가 눈에 들어온다. 우리는 보통 '꼭 필요한 것' 외의 물건을 샀을 때 그걸 낭비라고 부른다. 하지만 그 기준은 누가 정한 걸까. 어쩌면 이건 그냥 우리가 어릴 때 배워서 외워놓은 소비 엄숙주의가 아닐까.

김봉현

게다가 그 소비가 '저성장 시대 젊은 층의 불안감을 반영하는' 것이라면 이야기는 또 달라진다. 그렇다면 더더욱 낭비라는 단어를 써선 안 된다. 젊은이에게 그 소비는 삶을 버티기 위해 꼭 '필요'했던 것이기 때문이다. 탕진잼이라는 주제를 받고 나는 소비에 관한 새로운 태도를 상상하기 시작했다.

김봉현

음악평론가로 불리지만 힙합저널리스트라는 직함을 선호한다. 힙합에 관한 책을 여러 권 쓰거나 번역했다. 시와 랩을 연결하는 프로젝트 '포에틱저스티스'로도 활동 중이다. 하지만 남몰래 좋은 수필가의 꿈도 키워온 끝에 『오늘도 나에게 리스펙트』라는 산문집을 출간하기도 했다. 결국은 좋은 문장을 쓰던 사람으로 남고 싶다.

짜다고 철든 건 아니다

경계면

●

이소연 시

몰랐는데 원폭이 떨어졌다
왜 거기서도 아름다운 게 보일까
나를 화장실 구석으로 밀어 넣던 폭음
폭언 폭발 폭로 폭격 폭사 폭풍 폭설

엉덩방아를 찧으면서 나만
뜨겁게 녹아내린다
화난 너를 사랑하고 있었다
네가 나를 밀었는데
사랑은 민다고 밀리는 게 아니구나

아름다운 것이 무엇인지 생각하지 말자

나무에서 나오는 방법은 나무를 통과하는 길*이고
폐허에서 나오는 방법도 폐허를 지나야 하는 길이다

경계면

얼굴이 뭉개진 채
나는 여전히 살아있다**

벽에 못도 박고
의자를 밟고 내려올 땐 조심한다

부서지는 입술로
해변을 걷는 모래처럼

증오하지 않는다 아무것도

오그라드는 피부가 겪는 것은 영영 볼 수 없는 어제
모든 피륙이 고통임을 깨닫는다

고통도 작은 바람에 씻어내면 무늬가 될까
발바닥이 간지럽다

이소연

부전나비처럼 길고 가는 다리에게

나는 질문할 수 있다

왜 아직도 아름답니?

아름다움에서 벗어나고 싶어서

나는 살아 있는 길이다

---

*프랑시스 퐁주.
**원폭 낙하지점에서 1.7킬로미터 떨어진 곳에서 부상한 후쿠다 스마코의 글 제목.

이소연
2014년 《한국경제신문》 신춘문예로 등단하였다. 현재 '겸 동인'으로 활동 중이다.
시집으로 『천천히 죽어갈 소녀가 필요하다』가 있다.

우리가
있었다는
사실

●

오경은

Paris

나는 계획적인 사람. 매일매일 할당된 일을 해내지 못하면 실망하고 힘들어하는 사람. 그러면서 계획이 있다는 걸 누구에게도 들키고 싶어하지 않는 사람. 결국 모든 걸 삶으로 증명하고 싶어하는 그런 사람. 돌이켜 생각해보면 이십 대 때 내가 나에게 할당한 궁극적인 미션은 견딤이었다. 시선을 견디고, 시간을 견디고, 자꾸만 지는 마음을 다시금 견뎌낼 것. 그렇게 끝까지 불안할 것. 그래서였을까. 긴 기다림 끝에 등단을 하고 떠나온 유럽에서의 나는 어떤 죄책감도 없이 시간을 탕진할 수 있었다. 계획 없음을 계획하는 한계 속에서, 그러나 더없이 애틋한 방식으로.

플로리스트 디플로마를 따기 위해 파리로 떠난 2019년, 그곳에서의 일상은 단조로웠다. 하루에 여덟 시간은 꽃에 할애했고, 나머지 시간은 걷거나 취하거나 우두커니였다. 특히 해가 져가는 모습을 하염없이 바라보길 좋아했다. 따뜻한 엿가락처

우리가 있었다는 사실

럼 죽죽 늘어지는 시간을 두 눈으로 맛보는 느낌이랄까. 그 순간엔 혼자도 너무 많게 느껴졌다. 더없이 충만했다. 그 풍경 속엔 모든 드라마가 담겨 있었으므로.

파리에서 다닌 플라워 스쿨은 튈르리 공원과 일 분 거리에 있다. 점심시간에도, 수업이 끝난 후에도 그곳을 자주 찾았다. 인종과 나이를 알 수 없는 사람들이 모이고 흩어지는 모습을 보고 있자면, 누구라도 용서할 수 있을 것만 같은 기분이 들었기 때문이다. 그리고 나는 이곳에서 뜻밖의 사람을 만나기도 했다.

우리는 벤치 하나를 사이에 두고 각자의 시간을 보내는 중이었다. 나는 언제나처럼 해가 지는 모습을 지켜보는 중이었고, 그녀 역시 허공을 바라보고 있는 듯했다. 석양이 내려앉은 그녀의 옆모습은 군더더기 없이 아름다웠다. 만일 내게 약간의 그림 실력이 존재했다면 단숨에 그 모습을 그려낼 만큼 여전히 생생하게, 아름다웠다. 그렇게 얼마의 시간이 흘렀을까.

울고 있었다. 두 손으로 얼굴을 감싼 채 고요히 어깨를 들썩이며 그녀는 분명, 그랬다. 이전에도 이후에도 그 순간보다 파리의 여름을 길게 느껴본 적은 없다. 그녀에게 어떤 사정이 있는지 알 리 없었지. 다가가 묻고 싶은 마음도 들지 않았다. 지금 느끼고 있는 그 감정이 오롯이 그녀의 것이었으면 했으니까. 다만 생각했던 것 같다. 그녀 역시 무언가를 견디고 있었을 거라고, 그러니 무너질 수도 있는 것이라고.

앉은 자리를 지키는 쪽을 택했다. 시선은 눈앞의 석양에 두고 있었지만, 마음은 온통 그녀에게 향한 채로. 숱하게 많은 사람들이 우리를 스쳐 지나갔지만 내 신경은 그녀뿐이었다. 그렇게 한참이 지나 옆을 돌아보았을 때, 그녀는 더 이상 그곳에 없었다. 주변을 둘러보았지만 어디에도, 없었다. 그녀는 지는 태양을 바라보며 무슨 생각을 했던 걸까. 그 풍경 속에서 무엇을 마주쳤던 걸까. 나로서는 영원히 모를 일이다. 누군가의 무너짐을 침묵으로 지지함으로써 기어코 내가 더 위로받고야 만 그 여름밤을 기억할 뿐.

London

네 시면 해가 지는 런던의 가을이 나에겐 꽤 가혹하게 느껴졌다. 수업이 끝나면 이미 사방이 어둑해져 있었기 때문에 늘 밤에 갇힌 기분이었다. 점심시간에 밥 대신 멍을 택한 것도 이런 이유 때문이었다. 항상 같은 벤치에 앉아 흘러가는 구름을 바라보거나, 흩날리는 낙엽에 시선을 빼앗기길 자처했다. 빠르게 흘러가는 유럽에서의 시간이 아쉬워 자꾸만 초조해지는 마음을 마사지해주고 싶었던 것이다.

그때마다 시야에 들어오는 사람이 있었다. 그는 늘 같은 자리에 앉아 책을 읽고 있었는데, 나는 책에 시선을 뺏긴 그를 바라보며 아주 천천히 초코바를 먹었다. 마치 그것이 내가 그곳에서 해내야 할 아주 중요한 일이라도 되는 듯이. 그는 말쑥하게 차려입은 중년의 남자였다. 검은색 코트와 남색 목도리, 언제나 왼쪽으로 꼰 다리가 트레이드마크였다. '몇 시부터 저 벤치에 앉아 있었을까.' '이렇게 추운 날씨에 야외에서 책을 읽는 취향은 몇 살 때부터 갖게 된 거지.' '그래서 그는 도대체 무슨 책을 저렇게 집중해서 읽고 있는 걸까.' 여러 궁금증을 감추며 우리는 그 공원 그 벤치에서 두 달이라는 시간을 함께했다. 간혹 그가 앉아 있지 않은 벤치를 바라보기도 하면서. 혹시나 그가 저 멀리서부터 걸어오고 있진 않을까 두리번거리기도 하면서.

예정돼 있던 플라워 스쿨 일정이 끝나는 날이었다. 우리는 변함없이 그 공원 그 벤치에서 만났다. 작별 인사라도 할까 잠시 고민했지만,

오경은

역시나 그러지 않는 편이 좋겠다고 결론 내렸다. 끝까지 따로 또 함께인 사이, 충분히 멋진 추억이라고 생각했기 때문이다. 그렇게 한 시간이 흘러 자리에서 일어섰을 때, 그가 내게 눈짓으로 인사를 했다. 마치 내가 떠날 것을 알았다는 듯이. 묘한 기분에 사로잡힌 채 나 역시 그에게 인사를 건넸다. 그것이 우리의 처음이자 마지막 인사였다.

우리는 끝까지 서로의 이름도 나이도 몰랐다. 그가 읽고 있던 책들의 제목도, 도대체 어떤 감각 속에서 그토록 몰두할 수 있었는지도 영원히 모르겠지. 나는 다만 그가 지니고 있던 멋진 패션 감각을 이해하게 됐고, 그가 몰두할 때 짓는 표정을 마음속에 간직할 수 있게 됐으며, 빛바랜 결혼반지를 통해 그의 사랑을 짐작할 수 있게 됐을 뿐이다. 그렇게 다시 그의 청춘을, 그때 그가 소중히 여겼을 꿈과 낭만을 어렴풋이 그려볼 뿐. 그는 나에게서 무엇을 발견했을까. 그가 가닿은 나의 과거 속 그 소녀는 어떤 모습일까. 또다시 모를 일이다.

확실한 건 우리가 거기 있었다는 것. 분명히, 그랬다는 것. 오후 수업을 마치고 다시 그 공원을 찾았지만 그곳에 그는 없었다. 돌아서 역으로 가는 길, 나는 길에 주저앉아 한참을 울었다. 그 마음은 무슨 의미였을까. 지금까지도 정확한 설명은 불가능하다. 분명한 건 내가 그에게 많이 의지했다는 사실일 것이다. 그가 거기 있음으로써 내가 여기 있음을 믿을 수 있었다고, 그렇다. 그는 내가 유럽에 있는 동안 그 누구보다 의지한 친구였다.

Korea

나는 풍경을 사랑하는 사람. 그 풍경 속에 등장하는 사람을 애틋하게 여기는 사람. 앞모습보단 옆모습과 뒷모습을 선호하는 사람. 감춰진 얼굴을 통해 그의 먼 과거를 더듬고 싶어하는 사람. 모르는 사람의 과거를 상상하며 현재의 내 시간을 기꺼이 탕진할 때, 나는 어쩐지 다른 인간이 되는 듯한 기분에 사로잡힌다. 나 역시 누군가의 시간을 비집고 들어가 상상력을 작동시키고 그의 일상을 변화시키겠지. 그렇게 우린 완벽한 타인이자 다정한 친구이며, 그때 우린 서로에게 무결한 '이미지'로 완성되는 것은 아닐까.

오지 않는 것을 기다리며, 기대를 버리기 위해 애쓴 시간이었다고. 그렇게 불안을 탕진한 시절의 끝에서 기어코 아름다움을 마주쳤다고. 파리의 눈물로 기억되는 그녀와 런던의 작별로 추억되는 그를 떠올리면 믿을 수 있을 것만 같다. 그들을 지켜보던 시선의 힘으로 과거의 불안에게 악수를 청할 수 있게 됐으니까. 모든 건 청춘의 일이었다고 고개를 끄덕일 수도 있게 됐으니까. 나는 아직 나에게 도착하지 않았다. 아니, 나는 여전히 나에게 도착 중이다. 그렇게 믿는 지금의 내가 있다.

오경은

늘 시와 사람들로 북적였다. 그렇게 이십 대를 탕진했다. 고려대학교 문예창작학과 박사과정을 휴학 중이며, 대면 강의를 듣기 위해 또 다시 시간을 탕진하고 있다. 2018년 〈중앙신인문학상〉을 수상하고는 펑펑 울었다지. 현재는 플레르모어에서 오 사장 역할에 충실하고 있다. 그러니까 결국 이 모든 순간은 다만 시간의 것. 빚지는 쪽은 늘 나였다. 앞으로도 나는 인생을 소중히 낭비할 것이다.

우리가 있었다는 사실

탕진잼

백영옥

1.

나는 맥시멀리스트에 가까운 사람이었다. '아무것도 못 버리는 사람.' 책에 관해서라면 더욱 그랬다. 물건에 대한 애착도 많아서 모아두고, 쌓아두는 일이 잦았다. 생각해보면, 나는 언제나 '필요할 것 같은 마음'에 시달렸다.

여행을 떠나기 전, 짐을 싸다가 이런 성향은 종종 폭발했는데 필요할지 모르니 우산을 챙기고, 걸을 때 필요한 운동화, 호텔에서 신을 슬리퍼, 레스토랑에 갈 때 신을 하이힐을 챙기느라 커다란 더스트백 몇 개가 여행 가방을 꽉 채우곤 했다. 온갖 종류의 약, 목욕 용품, 덥거나 추울지 모르니, 여행을 떠나기 며칠 전이면 한밤중에 일어나 여분의 옷을 더 챙기는 일도 많았다.

무한대로 늘어나는 트렁크는 세상에 없다. 그러므로 한 가지 물건을 넣었다는 건 다른 물건을 빼내야 한다는 걸 의미한다. 삶도 비슷

해서, 어쩐지 필요할 것 같은 마음으로 트렁크 안의 물건을 넣었다 뺐다를 수시로 반복하는 불안함이 내 삶을 지배했다는 걸 깨달았다. 나는 이것이 '선택의 문제'와도 직결된다고 본다.

그래서 나는 미니멀리스트가 되기로 '결심'했다. 무려 15년 전의 이 결심은 매년 '미니멀리즘'과 관련된 책을 사 모으고, 읽고, 리뷰하면서 시작됐다. 하지만 나는 여러 번 버리는 데 '실패'했다. 어떤 날은 성공한 듯 보였지만, 지나고 보면 어김없이 물건이 쌓이기 시작한 것이다.

사실 변화란 드라마틱하게 오지 않는다. 특히 이런 변화는 실패와 성공을 주기적으로 반복하다가, 어느 순간 임계점을 넘기기 시작하면 제2의 천성으로 안착된다. 고백하면 여전히 나는 너무 많은 구두와 양말과 옷을 가지고 있다.

더구나 특정 브랜드의 '칫솔'과 '샤프'에 대한 열렬한 수집욕을 가진 남편 덕에 집에는 특정 브랜드의 칫솔과 샤프가 넘쳐난다. 이미 가지고 있는 수백 개의 칫솔을 다 쓰려면 그는 200년쯤 살아야 하지만, 그럼에도 불구하고 단종될지도 모른다는 불안감에 여전히 칫솔을 보면 눈을 반짝거린다.

말해 뭐하랴. 나 역시 특정 브랜드의 치약만 산다. 계면활성제가 들어 있지 않은 '100퍼센트 베이킹소다' 치약인 그 브랜드 치약을 30개쯤 가지고 있다. '혹시 더 필요할지 몰라서', '갑자기 떨어지면 당황스러울 것 같아서' 눈에 띄면 사들이는 버릇 역시 고치지 못했다. 결국 물건을 산다는 건 일정 정도 자신의 '불안'을 사는 것과 같다.

2.

미니멀리스트가 간절히 되고 싶은 맥시멀리스트에 가까운 사람.

물건을 샀다가 버리기를 반복하는 사람(실은 이게 더 나쁘다!).

그러니까 탕진잼이라는 원고를 쓰기에 나는 부적절한 사람이란 생각이 든다. 탕진잼에 대한 내 마음은 여전히 갈팡질팡이다. 죄책감을 느끼는 동시에 여전히 자기합리화를 부지런히 하고 있기 때문이다. 작년부터 꽤 열심히 수련하고 있는 아쉬탕가 때문에 몇 달 사이 내가 바꾼 매트만 7개다. 그중에는 '절대로 미끄러지지 않는 매트계의 에르메스'라는 30만 원을 넘는 고가의 제품도 있다.

"단지 고무인 거 아니야?"

해외 배송으로 받은 새 매트를 보며 혀를 차는 남편에게 내가 이 매트의 기능성에 대해 장광설을 풀어놓은 건 마음속 깊이 내게 있는 6개의 매트에 대한 죄책감 때문이었을 것이다. 매트에서 어쩐지 고무 냄새가 너무 나는 것 같아서, 미끄러워서, 매트가 너무 무거워서, 가벼워서, 몸을 잘 받쳐주지 않는 것 같아서, 색깔이 마음에 들지 않아서 바꾼 것들 말이다. 말해 뭐하랴. 특정 동작(아사나)을 할 때 미끄러지는 것을 방지하기 위해 내가 산 매트용 담요는 또 몇 개인가.

수년 전부터 했던 발레 때문에 기존에 가지고 있던 매트를 합치면 10개가 넘는다. 발레는 오버 스트레칭이 많기 때문에 푹신해야 하지만, 아쉬탕가 요가는 역동적인 동작이 많아서 매트가 두꺼우면 미끄러지고 부상을 당하기 십상이다. 용도가 다르니 매트도 달라야 한다. 내가 하는 아쉬탕가는 90분 동안 쉬지 않고 이어지는 '플로우'들이 많기 때문에 더더군다나 미끄러우면 안 된다. 말을 말자. 요가를 한다고 사 모은 요가복도 수십 벌에 이르니.

3.

쿠팡과 마켓컬리가 없었다면 이 코로나 시절을 어떻게 버텼을까. 내가 아는 정리 컨설턴트는 사람들이 너무 많은 머리끈과 머그컵을 가지고 있다고 말하지만, 이것을 사 모으는 동안 사람들의 마음에 있을 얼마간의 위안은 아마 계산하지 못했을 것이다. 하지만 무한대로 커지는 여행 가방이 없듯 무한대로 커지는 집도 없다. 무엇인가를 산다는 건, 뭔가를 버려야 한다는 걸 뜻한다. 적어도 그렇다고 믿어야 집 안은 질서를 유지한다. 엔트로피의 법칙이 뭐 별건가.

백영옥

20대와 30대를 트렌드의 최첨단 구역에서 일했던 경험이 물건에 대한 내 태도에 많은 영향을 끼친 건 사실이다. 그렇다고 '무소유'를 외치기엔 세상에 예쁜 물건들이 너무 많다. 맥시멀리스트에서 미니멀리스트가 되기 위한 여정은 아직 끝나지 않았다. 이 15년의 과정을 통해 내가 생각하는 건 '변화'에 대한 내 생각의 '변화'다.

살아보니 변화는 영화나 드라마에서 보듯 벼락 치듯 오는 게 아니었다. 해고 후 세계 여행 중 새로운 영감을 얻고 도전해 성공한 스타트업 CEO나, 불치병에 걸려서 갑자기 삶의 소중함을 깨달아 180도 바뀐 사람에 대한 얘기를 우리가 제 아무리 좋아한다 해도, 실제의 변화가 그런 식으로 일어나지 않는다는 걸 알게 된 것이다. 책 몇 권, 강연 몇 번 듣고 이제부터 좋은 아빠가 되겠다고 아이에게 대화를 요청하고, 한두 번 캠핑을 같이 간다고 해서 느닷없이 아이와의 관계가 개선되고 변화하는 게 아닌 것처럼 말이다.

그러니 변화는 쏟아지는 소나기에 흠뻑 젖는 게 아닌, 안개 속을 걷는 일과 비슷하다. 앞이 보이지 않는 곳을 때로는 전진하고, 후퇴하고, 갈팡질팡 넘어졌다 일어섰다 하면서 걷다 보니, 나도 모르게 온몸이 젖어 있다는 걸 깨닫는 일에 가깝다. 그러니 변화는 인내심을 가지고 '변할 수 있다'고 믿는 사람들의 세계에 가깝다.

안개로 온몸을 적실 수 있으려면 얼마나 헤매야 하는 걸까. 죄책감을 동반한 이 매트 탕진의 세계가 언제 멈춰질까. 엄마와 동생, 친구에게 매트 3개를 나눠주고 그 매트가 가진 장점에 대해 설명하고 있는 나를 보면서 '미니멀리스트'로 사는 일의 어려움에 대해 새삼 깨닫는다.

백영옥

2006년 단편 「고양이 샨티」로 〈문학동네 신인상〉을 수상하며 등단, 2008년 첫 장편소설 『스타일』로 제4회 세계문학상을 수상했다. 장편소설 『다이어트의 여왕』, 『애인의 애인에게』, 소설집 『아주 보통의 연애』를 출간했으며, 산문집으로 『마놀로 블라닉 신고 산책하기』, 『곧, 어른의 시간이 시작된다』, 『다른 남자』, 『빨강머리 앤이 하는 말』, 『그냥 흘러넘쳐도 좋아요』를 펴냈다.

좋아서

하는 거

김준성

아, 글쎄. 그 자식. 너무 나쁜 새끼라니까? 내가 먼저, 더 많이 좋아하는 게 무슨 죄라도 되는 거야? 왜 내가 늘 더 아파야 하는 거냐고. 며칠 전 일만 해도 그래. 눈 오는 밤에 그 사람 회사 앞에서 몇 시간이나 기다렸는데, 문자나 카톡도 하나 없이 대뜸 왜 짜증부터 내? 아니, 일이 많으면 나 먼저 집에 가라고 하면 되는 거 아냐? 눈 오는 골목에서 혼자 미끄러져 넘어져가면서 몇 시간 동안 멍 때리며 기다린 사람은 생각 안 해? 그래놓고 난 또, 그 사람 마음 조금이라도 덜 상하게 하려고 조마조마하고 앉아 있고. 내가 생일선물로 줬던 책은 또 뭐야. 언젠가 한번 그 사람 집에 가서 보니까 쾨쾨한 먼지 속에 그냥 처박혀 있더라고. 책장을 한 번도 들춰보지 않았던 거지. 아니, 정말 모르겠다. 난. 날 정말 많이 좋아한다면 내가 기껏 생각해서 해준 선물, 들춰보기라도 해야 하는 거 아니니? 그렇게 이기적인 사람 뭐가 좋다고 맨날 쏟아붓고 앉아 있는지 몰라. 아휴….

아. 술 벌써 다 마셨어? 저, 여기 소주 한 병이요! 뭐, 안주도 하나 더 시킬래? …어쨌든 뭐, 그래. 그래도 그 사람 조금이나마 미안해하지

않을까? 가끔씩은 나한테 잘해주기도 하니까. 평소에 미안한 걸 그렇게 표현하는 건지도 몰라. 그래…. 언젠가 한번은 또 그런 일도 있었어. 내가 매번, 만날 때마다 손 편지를 써서 주는데 그걸 읽고는 "한 장뿐이야?"라고 하는 거야. 기가 막혀서. 뭐, 자기는 나한테 편지 한 장 써본 적 있어? 받는 건 늘 좋고, 해주는 건 귀찮고? 어쩌면 그래? 누구는 해주는 게 늘 좋은 줄 알아? 내 시간 쪼개고 쪼개가면서 그거 하는 거잖아. 그래. 맞아. 내가 좋아서 하는 거긴 해. 그래도 상대방에게 뭔가를 하는 건 받고 싶은 마음도 있는 거 아니니? 내가 언제까지 늘 쏟아붓고 받아줘야만 해? 결국엔 사람도 지치게 되는 거잖아. 안 그래? 알아. 그래. 나도 다 알아. 사랑은 서로 똑같은 크기일 수 없다는 거. 분명 어느 한쪽이 더 사랑하게 되어 있지. 추는 언제나 한쪽으로 기울어져 있는 거고. 조금이라도 더 사랑하는 쪽이 더 많이 기다리며 아플 수밖에 없다는 거 나도 알아. 하지만 그래도 억울하고 아픈 건 어떡해? 왜 더 많이 사랑한다는 이유로 아파야 하는지는 아직도 잘 모르겠어. 언젠가는 끝날지도 몰라. 이런 내가 제풀에 지쳐서. 그전엔 조금이라도 이해받고 싶고 위로받고 싶은 생각만 들어. 나 궁상이지? …나, 잠깐만 화장실 좀 다녀올게?

아, 오늘 내가 너무 내 얘기만 하나? 밤늦게 술자리 불러내서 피곤하게 만들어 미안해. 그래도 오늘만 쫌 들어줘. 앞으론 이런 일 절대 없으니까. 응? …가끔씩은 그런 생각도 들어. 남자와 여자의 뇌 구조는 정말 다른 게 맞는 거 같다는 거. 여자들은 보통 사랑과 관심을 먹고 살잖아. 그거 하나면 되는 경우도 많잖아. 근데 남자는 늘 자기 자

김준성

신만 생각하는 거 같아. 그래서 이기적이고 상처를 줘. 그런 말도 있잖아. 남자는 죽기 전까지 애라고. 애 아니면 개라고. 맞는 말 같아. 다른 사람 생각 안 해. 그냥 자기 자신만 생각하는 거 같아. 그러니까 관계에서 상처받는 건 늘 여자인 거 아닐까? 남자는 이기적이어서 아이 같은 거고, 그러니까 더 남한테 상처 주는 걸 아무렇지 않게 생각할 수 있는 거 같아. 그래. 대학교 때까지는 꿈꿨었지. 드라마나 영화 속 로맨스 같은 거. 키다리 아저씨처럼 언제나 믿음직한 남자, 그런 판타지가 어딘가엔 있을 거라고, 막연하게 기다렸었지. 근데 지금은 그래. 그런 거 만족시켜줄 만한 남자는 전 세계 다 뒤져봐도 10~20% 정도? 그것도 많나? 하여튼 이제 그런 환상 같은 건 없지. 이기적이지 않은 남자 만나는 게 그나마 성공적인 연애 아닌가 하는 생각이 들어. 지금 내가 그런 상황인지는 잘 모르겠지만. 복잡하다. 복잡해. 좋아하고 사랑하는 데에도 뭐 이렇게 신경 쓸 게 많고 아프고 막 그러냐. 너도 그랬니? 이렇게 아프고 피곤할 거면 평생에 한두 번만 하고 싶다. 연애는 비효율적이고 소모적이야. 참.

　지금 그 사람한테 난 어떻게 보일까? 자신감 없고 찌질해 보일 거야. 아마. 당연히 그렇겠지. 내 의견이나 생각은 모두 다 그 사람한테만 맞춰주니까. 평소 내 모습이 그대로 보였다면 무시당할 일도 없겠지. 하지만 난 늘 그 사람 앞에서 쭈뼛쭈뼛 망설이고, 양보하고, 기다리기만 하니까. 그 사람은 지금 내 모습이 정말 매력 없을 거야. 모든 걸 자신한테 맞춰주면서 의견이나 색깔까지 없으니 매력적이지 않게 보일 수도 있을 거란 생각이 들어. 가끔씩. 너도 내가 매력 없다고 생각해? 아니지?

나, 대학교 때 인기 쫌 있었잖아. 자뻑에 늘 당당했던 거 같기도 하고. 그 사람 앞에선 왜 쭈글쭈글해지는지 나도 참 모르겠다. 이것도 뭐 마찬가지겠지. 쫌 더 좋아하고 사랑하는 쪽이 약자일 수밖에 없다는 거. 그치? 난 지금 약자인 거지, 뭐. 아, 너 11시까지는 들어가야 한다고 했지? 20분만 더 있다 가자. 응? 괜찮아? 오늘 네가 계속 내 얘기 들어줬으니까 이 술자리 계산, 내가 할게. 너무 고마워. 또 미안하고.

남자들은 참 이기적이라는 생각이 또 드는 게, 전 여친이 싫어했던 걸 다음 여친한테도 계속 반복하는 경우가 많은 거 같아. 여자들은 안 그러잖아. 전 남친이 싫어했던 걸 다음 남친한테는 안 하려고 노력하지 않아? 아니야? 나만 그런가? 뭐, 어쨌든 그 사람 만나면서 별의별 생각을 다 하게 돼. 좋은 건지 나쁜 건지 잘 모르겠다. 정말. 며칠 전 읽은 책에서 그런 문장 읽은 적이 있어. 인간을 명확하게 인식하기 위해선 인간에 대한 아름다운 환상들을 모두 포기해야 한다고. 기대도 하지 않고 연민도 하지 않을 때 역설적이게도 인간에 대한 사랑이 가능해진다고. 참 멋진 말이라는 생각이 들면서도, 한편으로는 정말 어려운 거라는 생각도 들었어. 가능한 걸까? 그런 사랑? 그 사람한테 지금까지 그렇게 모든 걸 다 쏟아부었는데도, 그렇게 아프고 질질 짰는데도 난 아직 부족한 거 같아. 아픈데도 좋은 건가? 아픈 걸 즐기는 건가? 변태인 건가? 뭐, 하여튼. 뭐가 됐든 상관없어. 다 쏟아붓는 게 좋은 걸. 뭐, 그렇게 해서 아프면 아픈 대로, 모든 게 다 말라버리는 대로 좋은 것도 이찌 않을까?

아, 취하네. 갑자기 피곤하다. 소주 세 병 먹었다고… 조금 취하는 거 같네… 뭐, 어쨌든 가장 나다운 모습으로 그 사람한테 더 마니 잘 해주고 시퍼. 그 뜨거운 게 말야. 언젠간 얼음보다 더 차가워져서 나 찌를 날 오게찌? 뭐, 어쨌든 상관없어. 다 쏟아붓고 죽어버릴래. 나 오늘 혼자 술도, 얘기도 너무 많이 해따. 야. 니가 오늘 내준 시간도 다 내가 써버려꼬. 하아… 여기 얼마 나왔지? 칠만삼처뉜… 아, 나 딱 칠마뉜 이따. 하. 나 삼천 원만. 이번 달 생활비도 다 썼네. 아. 짜증나. 월급날 담준데. 아. 몰라. 나 오늘 다 머꼬, 다 터러노코, 다 썼어. 또 내일 오겠지. 난 또 이럴 꺼고. 오늘 너한테 정말 고마워. 아, 징짜 나 많이 츄ㅐㅎㄲ니바. 하.

김준성
추계예술대학교 문예창작과를 나와서 온라인 홍보대행사와 이곳저곳을 돌아다녔다. 지금은 《월간 외식경영》의 편집장 일을 하고 있다. 여기저기 하염없이 걷는 것도, 햇살 좋은 주말 한낮 편의점 파라솔 아래에서 멍 때리며 앉아 있는 것도 좋아한다. 요즘에 회사에선 차갑게 날이 서 있는 편인데, 어서 빨리 멍 때리는 날들이 훨씬 더 많아졌으면 좋겠다.

좋아서 하는 거

노 스트레스,
장미의 기분

●

장은주 글·사진

"나는 언제나 장미. 장미가 아닐 때에도 장미를 생각해."

감정을 숨기지 못하는 얼굴은 갈 곳이 없다.

그 감정이 나쁜 경우 그렇고, 그 나쁨이 별 거 아닌 일에서 시작했을 경우엔 더 그렇다.

노 스트레스, 장미의 기분

어떤 중요한 일정과 약속을 파기하고 다음으로 미루어 당장 신뢰에 손상이 간다 할지라도, 아니 어쩌면 차질 없이 이 일정과 약속을 지키기 위해 응급처치가 필요한 순간들이 있다. 자신의 것이지만 스스로 감당하거나 제어하기 힘든 감정의 한계점에 다다랐을 때 어떤 물리적인 해결점도 갖고 있지 않은 나로서는 이런 순간의 이런 기분은 거대한 장벽처럼 다가온다. 마음은 똑같은 크기의 마음을 맹목적으로 원할 뿐이다. 별 거 아니니까, 쉬울 거라 생각하지만, 마음은 의외로 쉽지 않다. 그런 때에는 기도도 잘되지 않는다. 한없이 추락하는 기분을 목숨같이 끌어안고 있어 봐야 도무지 나아지질 않는다.

장은주

친하거나 친하지 않거나 상관없이 아무도 맞닥뜨리고 싶지 않다. 그런 때 정신을 차려보면 대개 장미 앞이다. 발가락에 온통 물집이 잡혀 더 이상 걸을 수 없을 때까지 걸어왔다. 조금만 건드려도 부서지고 깨질 것같이 불온한 상태이지만, 그런 상태야말로 무언가를 받아들이기에 좋은 상태일지도 모르겠다.

장미를 찾는 일은 그리 어려운 일이 아니지만 자신의 마음을 알아주는 장미를 만나는 일은 쉽지 않다. 동네 꽃집을 돌아다니며 그냥 나오기가 머쓱해 한 송이만 사려고 해도 가격도 국적도 품종도 천차만별이다. 그렇게 발품을 팔아 돌아다니며 한아름 안긴 품에는 장미와 장미 같은 것들이 섞여 있다. 꽃이라는 야성. 끝내 침묵하다 거세어질 때의 작은 감격들. 하지만 감동은 너무 쉽고, 나는 금세 새로운 장미가 보고 싶다. 나를 기다리는 현장으로 달려가 진짜 장미를 맞닥뜨리고 싶은 것이다.

장은주

장미는 있는 그대로의 자신을 바라봐준다. 오늘 나와 눈이 마주친 장미 한 송이가 생의 모든 고독과 외로운 시간을 끌고 온다. 한 번도 제대로 발음해본 적 없는 자신의 나약함까지 말없이 위무하는 시선들. 저 붉고 광막한 열기는 이 순간 자신의 모든 저열한 감정을 태우고 있다.

노 스트레스, 장미의 기분

"그것은 맨 처음의 황홀처럼, 손가락 사이로 흐르는 따뜻한 기류처럼, 맨 얼굴의 손바닥처럼, 한 목을 가진 두 송이의 장미처럼. 휴일 이후에도 휴일과 휴일로 끝없이 불어나는 휴일을, 막연하고 어처구니없는 이 감정을, 무어라고 부를까. 무수한 자음과 모음의 휴일을. 계속적으로 생겨나 똑같은 입모양과 한 목소리로 발음되고야 마는 감정들을. 감싸는 억양들을. 휘어지는 기후들을. 발밑에서, 가슴속에서 솟구치는 격렬함을, 애잔함을, 대체 무어라고 불러야 좋을까."

장은주

이것은 행복감인가. 혼자서도 충분한, 그런 것인가. 충분하다는, 환상인가. 하지만 환상이라 해도 좋을. 목구멍 끝까지 차오른 자신의 모순을, 모순덩어리인 자신을, 견디게 해주는 건 어쩌면 환상일지도 모르겠다.

언제나 장미 앞에서, 비록 장미가 아닐 때에도 장미를 생각하는 그 순간이 나에게는 구원일 것이다.

장은주

포토 테라피 에세이스트(Photo Therapy Essayist).

아직도 멀미하는 사람이 있어요?란 말을 종종 듣는다. 촌스럽다는 식의. 별나다는 식의. 해버리면 그만일 말을 할 수 없을 때 물은 주름을 늘려간다. 속으로만. 어릴 땐 잘 몰랐지만, 이제는 안다. 그게 멀미라는 것을.

나는 내 기분을 낯설게 하는 문장을 쓰는 일이 좋았다. 낯설게 하기. 하지만 그러면 그럴수록 나는 나에게 가까워지는 기분. 오늘 내가 만난 나는 '무수한 나'의 아주 작은 한 사람일 뿐이다.

헤프고 싶었던 마음, 백지 위에 새겨 넣고 다듬는 순간 그것은 다시 함부로 대하기엔 너무 아까운 내가 되어 있을 뿐이었다. 침묵 속에 가지고 놀던 낱말이 새로운 리듬을 가졌을 때 나는 내가 원하는 곳으로 갈 수 있었다. 내가 꿈꾸는 모습이 되어. 그런 순간이 구원이었다.

노 스트레스, 장미의 기분

탕진잼의 육하원칙

김마스타

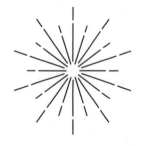

언제

최근 마치 상처를 하고 3년상을 치르듯 살아온 나에게 2020년은 공중 부양 자세로 숨 안 쉬기, 접시 물에 코 박기 등의 취미 생활을 하사 중이다. 올해 들어 알게 된 나의 비교적 자세한 직업군은 공연예술가였다. 공연장은 폐쇄되고 모든 리사이틀은 '입만 열면 거짓말쟁이'라는 말처럼 모두 취소, 연기 등이 되어 미세먼지같이 흩뿌려진다. 기타 치고 노래하는 것에 초절정 집중만을 하고 살았던 삼십여 년을 돌아보니 무대 밖의 나는 별다른 취미 생활이 없는 한국의 그저 그런 중견 개저씨와 별반 다를 바가 없다.

탕진잼의 육하원칙

어디서

남한 땅 마포의 한강 유입구에서 백여 미터 떨어진 곳에서 서른부터 십오 년을 줄기차게 살아온 나의 빨간 벽돌 단층집은 언제부턴가 동네 고양이들의 헬스클럽이 되었다. 지붕 위를 밤낮 올림픽 뛰는 고양이 떼는 집에서 소녹음을 하는 내게 이단옆차기 같은 곤욕을 주었다.

따스한 봄날 창가 아래에서 4부 합창하는 고양이 새끼들은 새벽 세 시에는 '오페라의 유령'같이 아리아를 질러대며 그 무렵 보았던 한 액션영화를 떠올리게 했다. 〈존 윅〉.

경제생활을 하는 유일한 이유는 을지로4가의 명문 냉면집 우래옥을 흠모하기 때문이다. 그날도 충성을 다하는 마음으로 달려간 나는 코스대로 우래옥에 이어 광장시장 그리고 종묘로 이동하는 거창한 나만의 코스를 즐기던 차 광장시장 모퉁이 문방구에서 비비탄 권총을 산다. 조선의 남아들이라면 영화 〈영웅본색〉 때문에 이미 손에 익숙한 베레타92f.

김마스타

무엇을

누가 얘기했던가. 고양이는 요물이라고. 그날 이후로 물을 끼얹고 오렌지 껍질을 미친 듯이 투척해도 비웃던 녀석들이 사라졌다. 고양이는 요물이다. 10세 즈음 시골 외할머니가 가져다 준 고등어 무늬 고양이를 버스를 타고 종점에 투척한 후 다음 날 대문간을 서성대던 그 고양이를 마주한 그날부터 내게 고양이는 요물이다.

쓸모없어진 베레타는 책상 위에 덩그러니 자리만 차지하게 되었고 〈존 윅〉을 보며 '저건 베레타가 아니고 다른 브랜드의 총이다'가 급궁금해지던 그날부터 전국 방방곡곡 투어 다니는 공연장 부근의 동네 문방구를 수탈 및 약탈하게 되었고 가진 모든 금은보화를 쏟아부어 버렸다.

초반에 제주 투어 중 성산일출봉 부근에서 발견한 보물 창고 동남문방구에서 소음기 네 정을 포함한 권총 열두 정을 큰 가방에 넣고 제주공항을 돌파하던 날. 오리지널 MP5를 손에 든 두 명의 공항 경비대와 대치하며 아카데미에서 심혈을 기울였던 과거의 역작들이 가득 들어찬 가방을 한 손으로(그들이 시켰다.) 열던 날은 아마도 쉽사리 잊히지 않겠지. 그렇게 한 이 년 나는 벽 한쪽을 백여 정의 권총들로 뒤덮어버렸다.

어떻게

그나마 제일 친근한 표정이 지어지는 일은 음악, 영화 그리고 여행 (일 년의 3분에 1이상을 출장 다니는 가수)인데 나의 얄팍하고 연약한 마음은 늘 집구석 1열이 되는 시간 외에는 대문 밖을 나갈 때 기도한다. 오늘도 내가 제일 무서워하는 무식하고 용감한 족속을 안 만나게 해주시길. 4년 혹은 5년 전에 밀덕이었던 성우 친구(최근작으로는 여러분들이 미친 듯이 목구멍에 마셔라 부어라 하고 있는 맥주 테라 광고의 그 목소리)가 선물해준 이태리 구형 야상의 미묘한 천 맛(군수품 특유의 재질)에 영혼이 털린 나는 온·오프라인 모두 국정원급 조사력으로 싸그리 털어버렸다. 구로디지털단지역의 국내 1등 군수품 창고로 하루가 멀다 하고 왕래하며 탐닉을 멈추지 못했고, 선후배들은 일 년 열두 달 같은 군복을 입고 다닌다고 했지만, 집 한편 옷방에는 이 년간의 선택과 집중으로 점철되어진 세계 각국의 군복들이 백여 벌, 한옥도 아닌 게 ㄱ 자로 왕자표 옷걸이에 도열하고 자빠지게 되었다.

아니라고! 아니라고! 매번 다른 군복이라고! 설명하고 자빠진 나도 560도 제대로 쳐돈 게 확실하다.

왜

나는 기타 치고 노래하는 데 이력이 난 사람이고 대학 졸업 후 쭈욱 외길을 걸어 '막사이사이상'이라도 받아낼 만큼 철저히 한 우물만 판 작자다. 작가다.

타 영역의 아트와 달리 음악은 독자적인 작업이다. 공동의 과제도 공공의 작업도 없다. 시작부터 끝까지 혼자 이고 지고 걸어야 하는 산 디아고 순례길이다. 보편적인 삶, 처자식과 직장, 큰 집, 빠른 차, 통장 잔고 따위는 수억만 리 떨어진 먼 나라 이웃나라 얘기다.

하나를 쥐어보기 위해 아흔아홉 개를 내려놓고 걷는 보부상으로 독 짓는 늙은이, 방망이 깎는 노인으로 그들과 그래 같은 관할이다. 꽂히는 쪽으로 손을 들고 살아야 하는 천로역정에 정신줄을 내려놓고 온몸 객석으로 던지는 록커의 마음으로 세상 사물을 구경하는 것. 그것이 놀이터이자 요양원이며 치료의 방향이다. 하고 싶고 해야 하는 일들이 산재된 작업 공간에서 탈출한 드라이한 영혼은 다이소를 거쳐 에이엔엠 벽을 통과하고 지금 여기 능곡고 담벼락 어느 301호에 엎드려 이 글을 써재끼고 있다. 세상에는 눈에 보이지 않는 양쪽 저울이 있다. 바란스 있는 삶. 내게 비비탄총 백 정도 전 세계 야상 백 벌도 한 번 협찬 받았다고 빠져버린 에이치엔엠의 옷 백 벌도 모두 내 영혼을 어루만지는 후시딘이자 저울의 추였다.

누가

일이 년 어딘가에 미치게 탕진한다는 것. 여백의 미 1도 없이 흘러가는 세상에 모두 선발대가 되어야만 한다는 사회에서 조금 뒤로 빠지면서 천천히 걷고 사주경계를 풀고 느슨하게 사는 사람들도 소수이더라도 있어야 된다는 게 나의 인생관이다.

홍대 어느 담벼락에 붉은 락카로 휘갈겨졌던 "예술은 당신의 문제를 해결해줄 수는 없지만 위로해줄 수는 있다."라는 문구를 아직도 기억한다. 모든 사람이 홀로 맥가이버일 수 없고 서로가 도움 된다 안 된다는 관계만으로 엮을 수는 없다. 그냥 지나가는 사람도 있고 도로가에 앉은 사람도 있고 편의점에서 갓김치 한 봉지에 탁배기 받치는 이도 있고 뭐 이래야 조화로운 게 아닌가.

이런 시각으로 인생 일 년씩 마흔네 번을 사용했다. 이번 생의 내 역할은 〈이렇게 살아도 잘 안 죽어져요〉의 배역으로 선택과 집중을 재미나게 했다.

김마스타

이런 나를 누가 안아줄가가 요즘의 화두지만 그동안 무대 안팎에서 안아주었던 이들과 여전히 소통하고 있으며 이것이 내 시간은 내 맘대로 쓰게 되는 것이 꿈인 나에게 허락했던 탕진잼이 아니었나 어림잡아 짐작해보는 9월 18일 금요일 오후 다섯 시 즈음이다.

김마스타

가수 겸 작곡가, 기타리스트, 칼럼니스트. 12살 때 첼로 대신 잡은 기타로 『최신가요 백과사전』을 통달. 15살 때부터 대학가 레스호프에서 포크가수로 활동. 18살 때 그룹 조선인 결성, 21살 때 블루스 프로젝트 세리블루스 활동. 25살에 대학로에서 연극음악 활동. 28살에 데뷔 앨범 〈cheap sunglass〉, 이후 8장의 정규 앨범 발매. 여러 TV와 라디오 프로그램, 신문에 칼럼니스트로 자리매김 후 서울블루스에 이어 트리오 김마스타로 활동하며 전국 방방곡곡을 여행 중. 현재 유튜브 '김마스타tv'로 대중들과 뭉쳐 다니고 있다.

탕진잼의 육하원칙

다운
라이프

백민석

날 왜 찾는 거죠? 난 살면서 내가 찾기만 했지, 누가 먼저 날 찾아
본 적이 없어요. 난 결혼도 내가 쫓아다녀서 했고, 첫사랑도 그랬지요.
내 친구는 우리가 중학교를 졸업하고 서울 양천구로 이사 갈 때까지도
내가 자기를 사랑하는지 몰랐을 거예요. 경기도 구리에서 서울 양천구
로 가는 이사라 우리한테는 바다를 건너가는 것 같았지요. 울었어요,
우리 둘 다. 둘은 아니고 노래방에서 반 친구 일곱 명이 모였지요. 다 같
이 울었어요. 하지만 나는 그 친구가 나 때문에, 나와의 사랑 때문에 울
고 있는 게 아니라는 걸 알았지요. 고양이 한 마리가 뛰면 다른 고양이
친구들도 우다다 뛰는 것처럼 분위기에 휩쓸렸던 거예요. 얘는 후랑크
예요. 칼집을 내고 튀긴 후랑크 소시지처럼 등에 줄무늬가 있어서 붙인
이름이에요. 소시지를 좋아하기도 하고요. 고양이한테 소시지를 주면
안 된다고요? 보세요, 얘가 소시지 따위에 해를 입을 고양이인가. 응, 그
래, 귀여운 척하기는. 아무튼 그 친구가 나와의 사랑 때문에 우는 것이
아니라는 사실을, 난 다른 여섯 친구들보다 나을 게 없는 사이라는 사
실을 깨닫고 저는 더 크게, 심하게 울었어요.

잠깐요. …왜 마티니를 젓지 않고 흔드느냐고요? 빨리 차가워지라고 그러지요. 얼음이 글라스 벽을 따라 흔들리며 둔탁한 소리를 내잖아요? 이 소리가 요즘 내 낙이에요. 흠… 음. 아내와 연애할 때도 내가 쫓아다녔어요. 점심시간마다 지나치던 유치원이 있었는데, 좀 일찍 회사를 나오면 유치원 마당에서 수업을 하고 있는 아내를 볼 수 있었어요. 약간 지저분해 보이는 여자였지요. 항상 후줄근한 면 셔츠를 걸치고 있었어요. 소매가 늘어나 있거나 목이 늘어나 있거나. 노랗고 퍼런 얼룩이 져 있기도 했고. 머리는 뒤로 묶고 있었고 바지는 펑퍼짐한 청바지였어요. 나중에야 아이들이 잡아당기고 토하고, 또 쫓아다니기도 해야 해서 그렇게 편하게 입곤 한다는 사실을 알게 됐지요. 그런데 저는 그 한껏 흐트러진 모습이 좋았어요. 아내가 보통 커리어우먼처럼 똑바르고 멸균된 인상이었다면, 저는 유치원 울타리 앞에 서지도 못했겠죠. 사랑은 그렇게 시작됐어요. 카메라를 들고 나갔어요. 신제품 촬영용으로 회사에서 쓰던 필름 카메란데, 핀트가 나간 것 같은 색감을 원하는 고객들이 잊을 만하면 나타나곤 했었지요… 어디 있더라. 아, 저거. 니콘 에프엠 투. 카메라가 많다고요? 내가 30년을 사진을 찍었는데 이 정도도 없겠어요. 이건 내가 대학 이 학년 처음 웨딩 촬영을 나갔을 때 들고 나갔던 카메라. 그날 나는 카메라를 들고 유치원 울타리에 바싹 다가가 섰죠. 울타리가 허리밖엔 안 와서 마당이 훤히 들여다보였죠. 아내는 아이들과 마당 모래밭에서 알파벳 블록을 쌓고 있었어요. 아내가 영어 단어를 말하면 아이들이 알맞은 알파벳 블록을 찾아 탑처럼 쌓아놓는 놀이였죠. 나는 카메라를 들고 빨간 미끄럼틀을 등지고 있는 아내

106

에 초점을 맞추고 셔터 버튼을 눌렀어요. 찰칵, 찰칵. 아내가 고개를 들고는 눈을 똥그랗게 뜨고는 사진 찍지 마세요라고 소리를 질렀어요. 정말 친절한 데라곤 하나도 없는 표정이었죠. 내가 유치원 아이들을 찍는 거라고만 생각했던 거예요. 내가 몇 달씩이나 그 앞을 지나다니며 사랑의 싹을 틔우고 있었다는 생각은 전혀 하지 못했던 거죠. 나는 얼른 카메라를 내리고 네, 네, 하고 고개를 끄덕였죠. 하지만 내가 울타리 앞에서 꾸물대고 있자 아내가 달려왔어요. 왜 계속 서 계시는 거예요? 하고 따지듯 물어서 나는 한 발짝 물러섰죠. 그 순간 아내의 눈빛을 보고 알았어요. 아내의 눈에는 나라는 낯선 이가 손톱만치도 남자로 비치지 않는다는 걸. 아니, 남자로 비치되 유치원 아이들과 자신을 위험에 빠뜨릴 음험한 범죄자로 비친다는 걸. 사진 지울게요! 하고 나는 엉겁결에 말했죠. 그러곤, 이런, 목소리 한번 정말 좆같군, 하고 나는 속으로 외쳤어요. 미안, 욕해서 미안. 하지만 내 목소리가 보통 때보다도 더 나쁘게 나왔어요. 너무 저어 맛없어진 마티니같이. 아내도, 생긴 것과 목소리가 너무 달랐는지 놀란 눈치였죠. 기분을 확실히 잡친 표정이었어요. 그랬죠, 그랬어요. 아내는 프러포즈를 받아들이면서도, 양가 인사를 드리고 결혼식 준비를 하면서도, 신혼집을 보러 다니면서도 나한테 사랑한다는 말을 하지 않았어요. 결혼식장에서도, 신혼여행을 간 보라카이의 호텔방에서도 한 번도 사랑한다는 말을 하지 않았어요. 사랑한다는 말을 하느라 바빴던 건 나였죠. 아침에 눈 뜨면 사랑해, 식당에 가면서도 사랑해, 해변 비치파라솔 아래 누우면서도, 저녁에 바에서 유럽 챔피언스리그 중계를 보면서도 사랑해. 아내가 중계에 정신을 놓고 있는 동안 나

다운 라이프

는 아내만 바라봤죠.

남자는 마티니 한 잔을 더 만들었다. 스와로브스키 매장만큼이나 환한 조명이어서 모든 게 어두운 구석 한 점 없이 환했다. 웹캠을 통해 모니터로 들여다보는 것인데도 홈바를 사이에 두고 마주보는 것처럼 생생했다. 그는 마티니 글라스를 흔들며 혼자 마셔 미안하다고 했다. 아직 오전 열한 시밖엔 되지 않았는데 그는 그레이구스 시트론 보드카 750ml 병을 삼분의 일이나 비웠다. 그는 거실 소파에 다리를 꼬고 앉았다. 오피스텔의 평수가 워낙 작아 주방과 거실에 경계는 없었다. 그는 그 자신의 평가처럼 매력이 없었다. 그런 남자는 흔했다. 인생의 한때 거저 주어지는 젊음이라는 매력조차도 그에게는 남아 있지 않았다. 그는 늙었고, 쇠한 생명이 얼굴에 그대로 드러났다. 그의 발치에 고양이가 다가와 뺨을 비벼댔다. 어린 고양이였고, 하지만 이 집의 많은 것들이 그렇듯 존재의 느낌이 희미한 고양이였다. 그는 시선을 내려 그윽한 눈으로 후랑크를 바라봤다. 아내가 왔어요, 하고 그는 소파에서 일어났다. 웹캠이 복도로 나서는 그를 좇았다. 현관이 열리고 아내가 모습을 드러냈다.

남자는 아내를 향해 사랑해, 라고 말하며 뺨을 가볍게 가져다댔다. 아내가 약간 흔들렸다. 그의 말은 과장이 아니었다. 볼 키스를 받는 아내의 표정은, 갑자기 볼을 스치는 차가운 바람에 움찔 놀란 사람 같았다. 아내는 양가죽 점퍼를 벗어 한 팔에 걸치곤 오피스텔의 유일한 침실을 열고 들어갔다. 그는 방문 앞에 잠시 서 머뭇거리다가 뒤돌아서 거실 소파로 돌아왔다.

백민석

남자는 탕진했다. 화상으로 보기만 해도 느껴지는 것이 있었다. 그가 가진 실물이라곤, 침실 하나짜리 오피스텔과 소파, 냉장고, 냉장고 안의 보드카와 얼음, 그리고 늙어 쇠약해진 자기 자신뿐이었다. 마티니에 곁들일 올리브 한 접시조차 없었다. 나머지는 모두 다운받아 어쩌면 행복했을지도 모를 한때를 큐레이팅해놓은 것이었다. 아, 이렇게 작은 집은 아니었죠. 방 셋, 화장실 둘, 홈바도 원목에 지금보다 길었고. 아내는 나와 눈만 마주쳐도 노여운 표정을 지었지만 내가 아내를 사랑하지 않은 순간은 한 번도 없었어요. 하지만 사랑뿐, 그는 자신이 어렵사리 이룬 것들을 어떻게 지켜야 할지 몰랐고, 어느 한 순간 탕진하고 말았다. 그래도 그는 탕진의 순간들이 즐거웠다.

남자는 사랑의 강렬함만은 지켜냈다. 사랑의 대상은 잃어버렸지만 강렬한 감정은 남은 것처럼, 그는 후랑크도 아내도 곁에 없지만 그 둘의 홀로그램 영상은 다운받을 수 있었다. 그는 재기를 위해 몸부림치고 있었다. 그는 조금씩 돈을 모아 할 수 있는 한, 행복했던 그 한때를 이것저것 내리받고 있었다. 니콘 에프엠 투를 비롯한 멋진 빈티지 카메라들이 가득 든 카메라 장식장도 다운받은 홀로그램이었다. 그러면서 그는 다운 라이프에 만족해하고 행복했지만, 그렇게 하면서 또 한 번 자신의 삶을 탕진하고 있었다.

백민석
단편집 『혀끝의 남자』, 『수림』, 『버스킹!』, 장편소설 『공포의 세기』, 『교양과 광기의 일기』, 『해피 아포칼립스!』, 에세이 『리플릿』, 『아바나의 시민들』, 『헤밍웨이』가 있다.

다운 라이프

슬기로운
'덕후 생활'은
가능할
것인가?

●

백남주

"띠리링, 띠리링, 띠리링….”

세상이 어둠에 잠겨 있는 새벽 2시, 알람이 울리면 잠에서 채 깨지도 못한 채 전화기 화면 속 티켓 예매 앱을 터치한다.

먹이를 찾아 헤매는 하이에나처럼 취소된 티켓을 찾기 위해 손가락을 놀리지만 눈은 침침하고 행동은 굼떠 취소된 표는 봤지만 이미 그건 다른 사람의 것이 된다.

원하는 자리의 표를 얻기 위해 새벽마다 마주하는 탄식과 분노의 순간들. 십 대도 아닌 오십 대에 소위 '덕질'을 하면서 치르는 나만의 전쟁이다.

소위 '덕질'이라고 하면 '덕후'들의 일상이자 직업(?)이며 존재의 이유인데, 이번 기회를 통해 "나는 '덕후'다”를 세상에 알리며 소위 '덕밍아웃'을 하고자 한다.

나는 연극과 뮤지컬에 꽂힌 소위 '연뮤덕'이다.

'덕후'의 어원은 일본어 '오타쿠'에서 온 것으로 오타쿠-오덕후-

슬기로운 '덕후 생활'은 가능할 것인가?

오덕-덕후로 변용되었다고 하는데, 말을 줄이는 요즘은 앞의 '오'자를 빼고 '덕후'라고 사용하는 것이 일반적이다. 우리 주위엔 의외로 다양한 덕후들이 존재하는데 자신의 정체를 드러내지 않는 소위 '일코(일반인 코스프레)'의 삶을 살고 있을 뿐이다.

2017년 3월은 덕후로서 살게 될 지옥문(?)이 열린 역사적인 순간이다. 대학로 소극장에서 공연 중이던 뮤지컬을 보러간 것이 내 삶을 바꾸어놓을 줄 누가 알았을까? 이날을 기점으로 내게 대학로라는 곳은 서울 동쪽에 위치한 지리적 공간이 아닌 나오려고 애쓰면 애쓸수록 빠져나오지 못하는 개미지옥이 되었다. 당시 인기가 많던 모 경연 프로그램의 애청자였던 나는 출연자 중의 한 명인 뮤지컬 배우 A에게 관심이 생겼고, 그를 직접 보기 위해 그가 공연하던 대학로의 소극장을 찾아가게 되었다. 그런데 이게 무슨 운명의 장난인지….

난 분명히 A 배우를 보러 갔는데 그 공연에 출연 중인 처음 본 B 배우에게 마음을 뺏겨버렸다. 이른바 '덕통사고(덕후+교통사고)'를 당했던 것이다. B 배우가 쏜 독화살(?)은 내 심장에 강하게 박히며 치명상을 입혔다. 극장 문을 나서자마자 그에 대한 정보를 찾았고, 팬카페에도 가입을 하고, 그가 출연하는 뮤지컬과 연극을 N차 관람하는 '회전문' 관객으로 발전하게 된 것이다.

이른바 '연뮤덕'이 되면 '최애 배우(최고로 애정하는 배우)'나 '본진(주력해서 덕질하는 배우)'으로 삼는 배우가 생긴다. 연뮤덕들 사이에서는

"최애 배우는 내가 정하지만 본진은 하늘이 정해준다."라는 말이 있는데, 나에게도 하늘이 점지해주는 '본진'이 생겼으니 '연뮤덕'의 길로 들어서는 것은 자연스런 수순이었다.

연극과 뮤지컬을 보는 일이 얼마나 대단하다고 '덕후'까지 붙였느냐고 반문하는 사람도 있겠지만 오죽하면 '덕'이 되었을까?

'연뮤덕'들은 적게는 주 1회 많게는 주 6회의 공연을 본다. (보통 월요일은 공연이 없다.) 일부러 공연장을 찾고 티켓을 구하는 수고로움을 마다하지 않으며 시간과 돈을 쓰는 데 조금도 주저함이 없다. 꾸준히 공연만 봐도 경제적 부담이 큰데 공연과 관련된 온갖 종류의 '굿즈'를 구매하며, 배우들을 서포트 한다며 수시로 조공(선물)을 바치다 보면 '연뮤덕'들의 통장은 잔고가 텅텅 비는 '텅장'이 되는 것이 십중팔구다. 소극장 공연의 티켓값은 일반적으로 5만 원 내외이고(이것도 결코 저렴하지는 않지만) 그나마 다양한 할인 제도 덕에 심적으로나, 경제적으로나 부담을 덜 수 있지만, 표 한 장에 십만 원이 훌쩍 넘는 대극장 공연을 계속 본다는 것은 장기적인 계획이 필요할 만큼 부담이 크다. 이를테면 적금이라도 들어야 할 판이다.

나라고 뭐가 다를까? 첫눈에 반했던 내 본진 역시 대극장 공연을 하게 되었고, 그가 출연하는 공연의 앞자리는 티켓 가격이 한 장에 십만 원을 훌쩍 넘었다. 티켓을 예매하기 전 "딱 한 번, 아니 그래 적어도 두 번만 보자." 했던 굳은 결심은 온라인 티켓 예매창에 접속하는 순간 물거품으로 변한다. 피를 튀기는 전쟁 같다고 해서 '피켓팅'이라 불리는 티켓팅에 참전하여 자리를 잡기 위해 빛의 속도로 클릭을 하다 보면 어느새 구매한 티켓의 숫자는 쌓여가고, 티켓 예매 사이트 속 내 신분(?)은 'VVIP'라는 '호갱님'으로 격상되어 있다. 다른 물건을 살 때는 최저가를 찾으며 최종 구매 확인까지 몇 번의 번복 과정을 거치던 나였지만, 티켓 구매에는 오직 직진만 있으니,

아 위대하신 '본진'이여!

가끔 콩깍지가 살짝 벗겨지는 날, 눈에 띄게 줄어든 통장의 잔고를 확인하고는 심장이 쿵 떨어지지만 그것도 잠시, 무대 위에서 공연하고 있는 그의 모습을 보는 순간 할렐루야! 기적을 체험하게 된다. 비루한 일상에 치여 고단하고 지친 심신은 잠시나마 현실에서 해방되고, 나를 옥죄던 각종 번뇌는 봄눈 녹듯 사라진다. 단 한 번의 목소리와 눈길에 사로잡힌 내 영혼은 어느샌가 그에게 저당 잡혔고, 나는 빈껍데기인 채로 집으로 돌아온다. 그러다가 맡겨놓은 영혼을 찾는다는 미명 아래 발걸음은 다시 극장으로 향하고… 이렇게 끝이 보이지 않는 반복지옥에 빠진다, 그렇지만 내 스스로 저지른 자발적 구속이니 누구를 탓할 수 있을까.

재미 중에 최고는 돈 쓰는 재미라고 하지 않았던가? 누군가를 위해 돈을 쓰는 것이 아니라 순전히 나를 위한 돈 쓰기, 탕진잼의 기쁨을 만끽하는 일이 순탄하게 진행된다면 금방 질리고, 시시해져서 흥미를 잃게 되는 것이 당연한 수순이니 탕진잼의 달콤함을 완벽하게 즐기려면, 빈 통장을 채우는 고통 정도는 웃으며 겪을 수밖에 없다.

백남주

중년이 되면서 '건강'이 인생 최고의 화두가 되고, 무엇을 먹어야 몸에 좋은지 각종 정보를 주고받는 것이 미덕이 된 요즘이다. 최고의 보약이며 정신을 번쩍 나게 만드는 신비의 명약을 나만 알고 즐기고 있다는 걸 만천하에 알리고 싶지만, 몇 번의 시도 결과 부정적인 반응이 대세인 까닭에 혼자만 알기로 했다. 주변 지인들은 늘 말한다. 물건을 사면 남는 것이라도 있지만 공연을 보기 위해 산 비싼 티켓값은 연기처럼 사라져 허무하지 않느냐고. 게다가 어떻게 같은 내용의 공연을 반복해서 보냐고. 도무지 이해할 수 없다는 눈빛과 약간의 비웃음, 측은함까지 섞인 묘한 표정을 지으며 나를 바라본다. 그럴 때마다 나는 이렇게 말해준다.

"하늘 아래 같은 공연은 없고, 지나간 공연은 절대 다시 돌아오지 않는다."라고.

예전 일본에서 한국 드라마 〈겨울 연가〉의 주인공인 배용준 배우에 대한 '욘사마' 열풍이 불었을 때 일본 중년 여성들이 하던 '덕질'을 도무지 이해할 수 없었다. 사경을 헤매던 병자가 '욘사마'를 보고 병이 나았다느니, '욘사마' 덕에 삶의 이유를 찾았다는 등, 심지어 유사종교처럼 과열되었던 이웃나라 중년 여성의 팬덤 문화를 바라보며 무척이나 낯설고 이해하기 어려웠다. 욘사마의 흔적을 쫓아 수십 차례 한국을 방문하여 드라마 촬영지를 순례하고, 팬미팅에 참석하기 위해 수억의 돈을 쓴다는 기사를 보면서 그녀들의 일탈이 비정상적이고 멍청해 보인다고 비난했으니 말이다. 하지만 사람의 일은 알 수 없는 법. 몇 년이 지나

지금의 내가 그 비난의 대상(?)이 돼 있을 줄 알지 못했다. 그야말로 역지사지(易地思之)를 예측 못한 나의 짧은 판단이라니….

　　부정맥이 아니면 두근거리는 심장이 내게도 있었는지 잊고 살며, 설상가상 갱년기의 강까지 건너느라 몸과 마음이 모두 사막처럼 말라 버린 오늘의 반백살에게 번개처럼 떨어진 본진의 존재는 꽃향기 가득한 오월의 바람이고, 마시면 젊어지게 만들어주는 마법의 샘물이었던 거다.

　　"아는 것은 좋아하는 것만 못하고, 좋아하는 것은 즐기는 것만 못하다(知之者 不如好之者 好之者 不如樂之者)."라고 공자님도 말씀하시지 않으셨던가?

　　제대로 즐길 수 있는 자가 진정한 삶의 고수라는 것을 다시 한 번 일깨워 주는 옛 문장 한 구절을 마음에 새기고 이를 실천하며 살아가고자 애써본다. 이런 삶의 태도가 쌓여 일상이 될 때 슬기로운 '덕후 생활'도 무사히 완성할 수 있지 않을까.

　　덕질은 돈과 건강이 받쳐줄 때만 가능하다는 사실을 매일매일 마음에 새긴다.

　　돈 버는 일에 절대 게으름 피우지 않을 것이며, 체력 관리를 위해 오늘도 부지런히 땀을 흘릴 것이다.

　　"어덕행덕, 덕업일치"의 삶을 살아내는 것이 성공한 삶이니 어차피 할 '덕질' 행복하게 하리라.

백남주

이화여자대학교 대학원에서 한국미술사를 전공하고 화정박물관, 서울역사박물관, 한국은행화폐금융박물관, 한은갤러리, 제주항공우주박물관, 소전미술관 등에서 근무하며 수십 차례 전시를 기획하고 진행하였다. 현재는 독립 큐레이터로 활동하며 제주현대미술관, 경상북도, 하나문화재단C0A프로젝트 등에 객원 큐레이터로 참여하여 특별전시를 기획하고 있다.

본업은 미술판에서 밥벌이도 하고 노는 것이나, 최근 '연뮤덕'이라는 부캐의 활동이 더 활발하여 대학로를 비롯한 공연장 근처에 더 많이 상주하고 있다.

"아는 것은 좋아하는 것만 못하고, 좋아하는 것은 즐기는 것만 못하다."라는 공자님의 말씀을 인생 모토로 삼아 끊임없이 재미를 찾아다니다 만난 '나를 매혹시키는 것'들 때문에 남들보다 덜 우울한 시간을 보내고 있다는 것을 감사하며 살고 있다.

슬기로운 '덕후 생활'은 가능할 것인가?

만년의
문자

●

이유진

벌써 이태 전 일이다.

오십을 바라보던 어느 날, 일만 하다 호시절 다 갔다 싶은 억울한 심정에 '다른 삶'을 결심했다. 사반세기 업으로 여겼던 출판 일에 신물이 났고, 의도된 관계와 경쟁에 곤죽이 된 때였다. 사직서를 내고 눈 코 뜰 새 없이 바쁘던 삶을 유폐시킨 후 지금까지와는 다른, 자칭 취미 사냥꾼이 되어 유한마담처럼 지내기로 마음먹었다.

여유만만 전업주부가 된 지 일주일 만에 좀이 쑤셨다. 새 직장을 고르듯 동네 문화센터를 검색하고, 각 홈페이지에 게재된 운영 프로그램과 강사진을 꼼꼼히 살폈다. 마침내 두 아이 키우는 엄마 입장에서 부담스럽지 않은 비용으로 건강·예술·자격증 등 다양한 카테고리를 섭렵할, 근처 여성회관을 낙점했다. 또 다른 루틴을 엮는 줄 생각지 못하고 평일을 빈틈없이 짜깁기하며 호사로운 사생활을 이룬 양 감격해했다.

방문 접수만 가능한데다 인기 강좌는 대기자가 줄을 이을 만큼 빨리 마감된다는 전화 안내에 서둘러 버스에 올랐다. 한낮의 버스는 피곤과 생의 무게로 납덩어리 같던 출근 버스와 사뭇 달랐다. 알록달록

등산복 차림의 남녀들이 그날의 행선지와 하산 후 맛집을 정하느라 생기발랄했고, 평상복 차림의 이웃들은 평상에 나앉은 듯 기사와도 알은체를 하며 동네 뉴스를 수건 돌리듯 주고받고 있었다.

그들보다 더 많은 빈 좌석을 태우고 털털대며 산머리를 감아 오르던 버스는 행여나 놓치는 안부가 있을까 정류장마다를 섰다 멈췄다 반복하더니 산어귀에서 시동을 껐다. 정적과 함께 남겨진 좌석들을 제외한 모두가 버스에서 내렸고, 북악스카이웨이 어귀에 가야 할 곳이 있던 나도 그 무리를 따라 내렸다.

회관 1층 문을 열었을 때 제일 먼저 달려든 것은 시큼한 김치 냄새와 왁자한 소리였다. 접수처 옆자리로 등산복보다 더 요란한 야광색 스포츠웨어 차림의 아줌마들이 제각각의 도시락을 차려놓고 재래시장 흥정꾼마냥 목소리를 높이고 있었다. 잘못된 내비게이션을 따라나선 양 꺼림했지만 예정했던 프로그램 접수를 마쳤다.

새 달이 시작되었고, 색다른 루틴을 좇아보기로 했다. 아이들을 등교시킨 후 만석(!)의 셔틀을 타고 도착한 회관에서의 첫 시간은 줌바 댄스. 체육관의 다양한 연령대 회원들이 삼삼오오 수다를 떨다, 평상복 차림으로 무방비하게 들어서던 나를 힐끔거렸다. 가볍게 발목 손목 관절을 풀고 운동화 끈을 동여맨 후 마땅한 자리를 물색했을 때,

"거긴 제 자린데요."

나중에 안 일이지만 프로그램이 생겼을 때부터 자그마치 4여 년

을 함께한 이들에겐 암묵적인 위계와 표식 없는 지정석이 존재했다. 그러므로 신참인 내가 설 수 있는 자리는 출입구에서 제일 후미진, 맨 뒷줄 구석진 자리뿐이었다.

평소 몸치 박치는 아녔지만 평평한 댄스홀(?) 맨 구석에서 맨 앞줄 중앙에 자리한 선생님을 따라 동작하기엔 장애물이 꽤 많았다. 그리하여 아마추어들의 격렬한 군무를 관찰하는 입장이 되고 말았다. 비트 강한 음악이 흐르고 오른발 어쩌고 왼팔 어쩌고 선생의 구령이 가열했지만 열심인 그들 속에서 나 홀로 냉담해졌다.

다른 취미도 사정은 별반 다르지 않았다. 전문가용 DSLR 카메라에 광각렌즈 망원렌즈 온갖 장비를 갖춘 분들 사이에서 휴대하기 편한 미러리스 카메라를 준비한 나는 시작부터 눈에 띄는 엇박자였다. 그분들이 서울 골목길을 헤집는 동안 전망 좋은 카페에 눈독을 들였고 동네 왕릉으로 출사를 오가는 동안 볕 좋은 벤치에 앉아 늘어지고 싶었다. 해 뜰 녘과 해 질 녘의 블루아워에 맞춰 대단한 무언가를 프레임에 담으려는 그들의 진지함에 비하자니 나의 취미란 농담처럼 가벼웠다.

회관 셔틀을 타고 출근부 도장을 찍다시피 한 지 3개월 차, 들락날락하는 회원이 있어 줌바 댄스 동아리의 꼴찌 라인을 면한 때였다. 동작이 익으면 재미가 쏠쏠할 테니 유튜브로 학습하라 조언하는 선배가 생겼고 달마다 1kg씩 살이 빠졌다며 독려하는 짝꿍도 생겼다. 그때 수습 딱지를 뗐다고 생각했는지 맨 앞줄의 회장이 알은체를 했다. 용건은

회비였다. 스승의 날이 코앞이었다.

다른 동아리에서도 스승의 날 회식이 성사되면서 조금쯤 사적인 자신을 내주어야 할 상황이 생겼다. 느슨하지만 관계 맺기가 이뤄졌고 투박하지만 경쟁이 존재하는 사회. 기왕지사 학교와 동네 쓸 만한 정보나 시시콜콜 생활 회화에 능통하면 적격일 텐데, 나의 언어는 지나치게 경직되고 사무적이었다.

그 무렵 다른 놀이를 발견한 것은 우연이었을까, 필연이었을까. 회관의 취미 생활에 심드렁해진 어느 날, 비 개인 산을 모른 체하기엔 초록의 싱싱함이 대단했다. 셔틀에서 내리자마자 불량 학생으로 돌변한 나는 의아한 눈빛의 회원들을 헤치고 주저 없이 북악스카이웨이로 올랐다. 완만한 산길을 따라 두어 시간 오른 후 팔각정을 기점으로 반대편으로 하산하다 부암동 마음에 드는 카페에 자리를 잡았다. 사람 드문 평일 한낮의 카페에서 책을 펼쳤다. 삶의 굴레와 유별한 공간에서 생계와 무관한 책을 읽는 호젓함, 이는 말 그대로 신선놀음이었다.

그날의 설렘이 종종 나를 들쑤셨고, 이제 당일치기로 오갈 수 있는 곳이라면 어디라도 떠나 좀 더 많은 시간을 이 근사한 놀이에 쓰기로 했다. 그리하여 가까이 성북동 부쿠부터 부산 아난티 코브까지 생활의 흔적을 지울 수 있는 아무 낯선 곳(특히 책방)을 찾아 버스 혹은 기차로 오가고 머물며 책과 동행하는 여행에 중독되었다.

돌아보면 장르만 바뀌었지 내 인생은 늘 책과 함께였다. 계몽사 세계문학전집에서부터 녹색문고, 삼중당문고, 황미나와 김혜린의 만화들, 대학가의 인문서적과 20여 년 출판하며 만났던 책과 사람들…. 그

122
이유진

안에서 나는 얼마나 많은 삶과 유대하며 얼마만한 문자를 탕진하며 살아왔던가. 결국 내가 원했던 건 다른 삶이 아니라 오래된 삶을 지속할 헐렁한 시간이 아니었을까.

　　가장 좋아하고 잘하는 일이 문자 사이로 길을 내는 것임을 깨달은 후 긴 휴가를 마치듯 출판계로 돌아왔다. 어쨌든 구석진 자리를 면했고 좀 더 솔직히는 생계를 위한 달리기가 재개된 거였지만, 만년의 문자와 함께하는 소소한 호사를 첫 마음처럼 누려야지 싶다.

이유진

학창 시절 언니들의 문화에 이끌린 이래, 선생님들과 술래잡기하듯 학교 수업 시간조차 문자의 도랑을 쏘다녔다. 대학 졸업 후 그 생활의 연속선상에서 작가들의 생각을 집으로 짓는 편집자로 사반세기를 지냈다. 그리고 이제, 그 오래된 자리에서 스스로의 생각을 차근차근 내 집으로 지어올리는 작가로 변신하는 중이다.

만년의 문자

동해

●

이현호 시

밤바다란 이렇게 불쑥 보고 싶은 것이다

동해는 당신과 보았던 모습 그대로의 동해

새로 올라간 건물도 물 위를 걷는 기적도 없다

바다가 좋은 것은 그 위에 서 있을 수 없기 때문

무언가 짓는 족족 허물어지기만 했던 마음은

바다를 닮아서 그랬다고 생각하기로 한다

문득 마음이 동해서 찾은 동해에서

생각 말고 무엇을 할 수 있을까

생각을 그만두어야지, 그것조차 생각이고

아무것도 추억하지 않으려는 시간도 어느 날 추억이 되고

모래사장에는 누군가의 발자국이 아직 지워지지 않았고

동해에서 동해를 따라 걷는 하릴없음이 있다

동해

아무도 없는 밤바다를 먼저 다녀간 마음에

발자국을 포개며 걷는다

동해 바다라는 중복된 표현같이

동해(東海)에 이미 바다[海]가 들어 있는데도

포개지고 싶었나 보다 겹쳐지고 싶었나 보다

되풀이하고 싶었나 보다

말장난 한마디를 하려고 여기까지 온 것은 아닌데

이렇게 끝내려던 시는 더욱 아닌데

끊긴 발자국은 바다가 쓸어간 것인지

밤바다로 걸어 들어간 마음이 있는지

이현호

잔파도가 발목을 적시며 오가는 자리에

나는 나를 멈춰본다

가만히 생각 없이 바라보는

동해 바다는 당신도 만났던 모습 그대로의 동해 바다

바다는 그 위에 아무것도 서 있을 수 없어서 좋다

이현호

시집 『라이터 좀 빌립시다』, 『아름다웠던 사람의 이름은 혼자』가 있다. 대부분의 시
간을 방에서 고양이 두 마리와 지낸다. 누가누가 더 오래 누워 있나 내기라도 하는
듯이.

동해

불안을
잘게 찧자,
달콤한
나의
탕진잼

김나리

모텔 카운터에 앉아 있으면 들어오는 사람도 없는데 자동문이 저절로 열릴 때가 있다. 처음에는 흠칫 놀라며 혹시 귀신인가 싶은 마음에 겁이 났지만, 다행히 문이 혼자 열릴 때마다 열심히 고개를 내민 끝에 금방 수수께끼를 풀었다. 모텔 주차장에 사는 세 마리 고양이들이 돌아가며 한 번씩 자동문을 열고 지나가는 것이었다.

나는 얼마 전부터 잘 모르는 도시에 있는 모텔에서 카운터를 보는 일을 하고 있다. 밤 10시부터 아침 10시까지 이어지는 적막한 근무시간. 늦게 자는 사람들로 어딘가 세상이 깨어 있는 것 같은 기운이 풍기는 것도 새벽 3시 정도까지다. 오전 4시부터의 세상은 곤히 잠들어 있다. 그런 분위기가 거리를 향하고 있는 흑백 CCTV 화면으로도 전해진다는 게 신기하다. 길가에 옹기종기 모여 앉은 100리터 종량제봉투 더미들도 눈을 감고 자는 시간. 오늘도 그런 시간 즈음 스르르 모텔 입구의 자동문이 인기척 없이 열린다. 어김없이 주차장에 사는 고양이들이다. 이들만이 경쾌한 발걸음으로 맑게 깨어 있다. 고양이들은 자동문을 열어놓고 매번 의아한 듯 뒤돌아 문을 가만히 응시한 다음 가던 발걸음을 다시 옮긴다. 보통 주차장을 한 바퀴 돌고, 마음에 드는 차 밑에 들어가 앉는다. 스케줄에 맞춰 할 일을 하는 것처럼 보이는 표정이다. 나는 고양이처럼 보무당당히 흐르는 시간을 마주하지 못한다. 마음 한구석에서 자꾸 불안이 자란다. 형편없이 긴 시간 일을 하느라 글을 쓰는 시간을 제대로 확보하지 못한다는 생각에 쫓긴다. 내가 시간을 버리고 있는 것은 아닐까, 하는 생각이 재난처럼 치밀어 오르는 걸 매번 막지 못한다. 잘 모르는 도시의 잘 모르는 모텔 카운터 안에 앉아 있는 나. 내 삶이 어떻게 흘러가고 있는지 잘 모르겠다. 손님의 인기척이 느껴질 때면 부리나케 도망치는 고양이들이 나를 마주칠 때는 태연하다. 이제 고양이들은 어느 정도 나에 대해 아는 것 같다.

폭우가 내렸던 날 엉망이 되었던 운동화를 세탁소에 맡겼다.

"운동화도 해주세요?"

오래된 세탁소 간판에는 이불, 수선 일체, 세무, 까지만 적혀 있어 그렇게 물어보았다. 중년의 세탁소 사장님은 무뚝뚝한 표정으로 운동화를 가만히 보았다. 수술 부위를 살피는 외과 의사가 떠올랐다.

"이거 빗물에 색이 다 빠진 거라서 쉽지 않을 수 있어요."

"괜찮아요. 가능한 정도만 해주세요."

"나는 장담 못 해요."

나는 사장님이 운동화 세탁 문제를 무겁게 대하는 모습에 가슴 한편이 간지러워졌으나 간신히 입을 막고 돌아섰다. 작업을 대하는 태도의 진지함을 눈앞에서 대할 때면 언제나 숭고해진다. 운동화를 맡겨놓고 2주나 시간이 흘러 겨우 세탁소에 들렀을 때, 운동화는 그만 좀 가져가라는 듯 제일 앞에 나와 있었다. 5천 원이었다.

"여기 다 안 지워진 거 보이죠?"

"아니에요. 충분해요. 카드는 안 되나요?"

"안 돼요."

"그럼 나가서 돈 찾아올게요."

"그냥 일단 가져가요."

"지금 현금이 없어서 찾아올,"

뒷걸음질 치며 돈을 찾아오려는 내 말을 막으며 사장님이 말했다.

"일단 가져가고 다음에 지나가다 현금 있을 때 줘요."

무뚝뚝한 투로 계속 운동화를 가져가라는 아저씨에게 나도 다시 고집스럽게 말했다.

"돈 가져올게요."

"아 다음에 줘요."

131

운동화를 맡기고 2주 만에 나타난 첫 거래 손님에게 돈을 다음에 받겠다는 사장님이 나는 이상하고 웃겼다. 앞으로 세탁할 일이 있을 땐 이 세탁소만 오겠다고 다짐했다. 운동화를 찾아 돌아오는 길에는 정육점에 들러 돈가스를 샀다. 정육점 바로 옆에 돈가스 테이크아웃 가게가 생겨서인지 정육점 아저씨는 돈가스를 찾는 내 말에 무척 기뻐했다. 하얀 빵가루가 덮인 돈가스 덩이를 비닐에 담으며 말하는 투에 신난 기분이 묻어 있었다.

"내 돈가스는 구식이야."

"네?"

"아니, 아니. 내 돈가스는 수제 돈가스야. 15년간 만들어온 나만의 전통 방식이지. 아가씨가 고기 사서 만드는 것보다 맛있고 값도 쌀걸."

"네 정말 맛있어요."

세상에는 귀여운 사람들이 어쩜 이리 많은지. 나는 시간을 버리고 있다는 불안감에 쫓기고 제대로 살고 있지 못하다는 알 수 없는 위기의식에 의기소침해지다가도 자신의 방식대로 의연하게 일상을 굴리는 고양이와 자신의 일을 하는 귀여운 사람들을 만날 때마다 돌연 기쁘게 살아갈 기운을 얻었다. 혼자 입을 다물고 있을 때는 불안이 시작되어도 좀처럼 벗어날 수 없다. 입을 터트리면 가둬져 있던 불안의 기운이 바깥으로 조금 빠져나가는 것일까. 안녕하세요, 어서오세요, 평범한 인사의 순간, 지갑을 열고 돈이나 카드를 주고받는 손. 그런 순간의 제스처들이 만드는 빈틈이 있다.

김나리

133

불안을 잘게 찧자, 달콤한 나의 탕진잼

살아가는 일은 계속해서 교환해 나가는 일이다. 주로 돈을 빌미로 교환이 이루어지고, 나는 점점 더 조용하게 돈을 버는 일을 찾다가 잘 모르는 도시의 잘 모르는 모텔에 앉아 있다. 매월 말일이나 1일에 그 달에 내야 할 돈을 몰아서 보내곤 한다. 오전에 공과금과 관리비, 보험료를 비롯한 기타 등등의 입금들을 한아름 처리하고 나니 이제는 그만 술을 시작하고 싶어진다. 이달에 내야 할 돈은 다 지불하였다. 그랬는데도 돈을 내야 하는 일들을 처리하고 나면 늘 갑작스런 불안에 허덕인다. 이달의 납부는 다음 달의 납부 전에 있는 일일 뿐이라는 생각이 든다. 나는 이달의 돈을 납부하면서 동시에 다음 달의 납부를 위한 사용을 하고 있다. 집에 몸을 담고 있는 것, 냉장고의 전기, 세수할 때의 물, 고온을 유지하고 있는 전기밥솥, 텔레비전 시청 같은 것들. 이미 벌써 다 써버린 것들. 다음 달의 납부와 그 다음 달의 납부와 앞으로의 납부가 남아 있다.

이 고리들은 가끔 사는 것을 지겹게 만들곤 하고 사소한 일들로 죽고 싶어지게 만든다. 돈이 조금밖에 없는 것, 자신의 기대만큼 좋은 글을 쓰고 있지 못하다는 자책감, 이제 웬만큼 나이를 먹었다는 조바심, 미래가 불투명한 밥벌이. 나는 어쩌다 이렇게 불확실한 성인이 되었을까. 나는 좀 더 성실했어야 했던 것 같아. 그러나 얼마나? 도대체 얼마큼? 나는 대부분의 날들이 피곤했는데. 피곤한 것은 성실한 것과 어떻게 다를까. 이런 식으로 좀처럼 기운이 나지 않을 때 힘을 낼 수 있는 가장 좋은 방법은 아이러니하게도 돈을 쓰는 것이다. 날 계속 사랑하는 줄 알았던 사람의 사랑이 느껴지지 않는 날이 있다. 문득 전화를 걸면,

김나리

여보세요, 되돌아오는 목소리로 단박에 알 수 있다. 나는 이제 사랑하지 않는 사람이 되었구나. 그러면 나는, 아 조금 이따가 다시 걸게, 혹은 잘못 걸었어 미안, 하고 황급히 통화를 마친다. 사람이 아니라 세계로부터 거절당하는 기분이 들어 자꾸만 고꾸라질 때, 응급 처방으로 서둘러 돈을 쓰고 나면 놀라운 속도로 기분이 많이 회복되어 있는 걸 느낀다. 그 회복의 가능성을 아는 나는 주기적으로 별 생각도 없었던 것들을 충동적으로 구매한다. 충동구매는 실은 본능적인 구매 활동이다. 적극적인 방식의 회복 활동이다. 지르고 나서 죄책감에 휩싸이면 그 회복은 틀렸다. 모른 척 눈감아주자. 바뀐 계절의 옷을 32만 원어치 사는가 하면 책꽂이에 아직 읽지 못한 책들을 뒤로하고 새 책을 주문한다. 한권 두 권 꼭 필요해서 신중하게 주문하는 게 아니라 여섯 권 열 권씩 허기를 채우듯 순식간에 사재긴다. 쓴 돈이 물건으로 교환되어 손안에 잡히면, 비로소 실체가 있는 오늘을 살아가는 기분이 든다. 월세나 관리비, 전기세에 비해 확실히 물성이 단단하게 느껴진다. 마음이 작아지고 있을 때 다만 뭐라도 사고 나면 묘한 활기를 얻는다. 근육을 풀어주는 마사지 건, 피부를 쉬게 해주는 마스크 팩, 코로나 시대의 요가 매트, 홈쇼핑의 냉동 만두 파격 세일. 만질 수 있는 단단한 행복이 필요하다. 상품은 언제나 정확하고 구체적인 이유를 가지고 친절하니까. 상품은 불안과 불행한 기운이 깃드는 마음의 처방. 한 방에 모든 종류의 불안을 부술 수는 없으니 구매 가능한 행복으로 불안을 잘게 찧자. 버티지 말고 행복해지자. 아주 작고 하찮은 기쁨이더라도 기쁨은 기쁨. 열심히 작은 기쁨을 구매하자고 나를 다독여본다. 내가 잘 모르는 도시의 잘

불안을 잘게 찧자, 달콤한 나의 탕진잼

모르는 모텔에 앉아 무얼 하고 있는 거지, 싶은 생각이 들 때, 주차장을 한 바퀴 돌고 차 밑에 앉는 고양이의 시간을 본다. 그래 그렇게 하자. 손님의 발길이 끊기는 새벽 3시부터 아침까지 노트북을 켠다. 곧장 재미있는 문장을 시작하는 것은 아니지만 타자기에 손을 올려두고 있으면 잘 모르는 도시에 와 있는 것이 크게 중요한 문제가 아닌 것처럼 느껴진다. 그럼 조금만 더 행복한 기분을 내볼까, 나는 가볍고 예쁜 기계식 키보드를 검색하기 시작한다.

김나리
대학에서 문학을 공부했습니다. 소설과 에세이를 씁니다.

세계를 다시
만들기에 충분히
좋은 재료니?

●

김재훈

일을 마치고 사무실 송년회를 가진 뒤 집으로 향하던 전철 안이었다.

종로에서 서울 외곽에 위치한 집까지 한 시간은 걸렸다.

한 시간은 채 안 걸렸겠지만, 그럭저럭 한 시간. 서울 변두리 도시의 시간 감각이랄까.

전철이 지붕이 없는 역에 정차했을 때는 전철 문 안으로 성긴 눈발이 날아들었다.

밤 열 시쯤이었다.

옆자리에 앉은 두 노인의 대화가 들렸다.

목청이 꽤 큰 노인들이었다. 등산과 막걸리로 다져진 목소리였다.

대화는 이런 내용이었다.

최근 그들이 함께 알고 지내던 지인 두 명이 죽었다. 폐암과 뇌졸중.

그리고 서로 모르는 가족이 한 명씩 죽었다. 심장마비와 뇌졸중.

뇌졸중으로 죽은 둘 중 한 명은 알몸으로 태어나 구로구에 세 채의 아파트를 남기고 떠났다.

이날 대화의 하이라이트는 세 채의 아파트였다.

139

세계를 다시 만들기에 충분히 좋은 재료니?

한 노인이 혀를 차며 이런 말을 내뱉었다.

"갈 땐 가더라도 벌어놓은 돈은 다 쓰고 가야지."

다른 노인은 자신이 낸 퀴즈의 정답을 상대가 제대로 맞춰 흐뭇하다는 표정을 지었다.

"20년은 쓰고 갈 수 있는 돈이구먼."

쿨내가 진동했다. 막걸리 냄새도.

그 뒤 쿨내라는 말을 들을 때면 늘 그날 맡은 막걸리 냄새가 떠오른다.

나는 노인들 옆에 앉아서, 벌어놓은 돈을 다 쓰고 떠난다는 것에 대해 생각했다.

내가 벌어놓은 돈에 대해 생각했다. 1초도 걸리지 않았다.

갚아야 할 돈에 대해 생각했다. 꽤 많은 시간이 걸렸다. '이 액수가 진심인가?'라고 나 자신에게 따져 묻는 심정이었다.

그러다 이런 비약적인 결론을 얻었다.

'벌어놓은 돈을 다 쓰고 죽어야 한다면 난 이미 죽어 있는 셈 아닌가.'

늘 낯선 전철 창밖 풍경이 더욱 낯설게 느껴졌다.

마치 지하세계로 가는 전철을 타고 있는 것 같았다.

잠이 쏟아져 눈을 감았다.

얼마나 지났을까. 전철 안이 조용하다는 생각이 들었다.

덜컹이는 소음도, 진동도 느껴지지 않았다.

눈을 떠 둘러봤지만 두 노인은 보이지 않았다.

그들이 앉았던 자리에 메뚜기 두 마리가 앉아 있었다.

가까이 들여다보니 메뚜기들은 두 노인의 얼굴을 하고 있었다.

김재훈

"너무 놀라지는 마."

메뚜기 한 마리가 말했다.

메뚜기가 말을 하지 않았다면 덜 놀랐을 것이었다.

"여기가 어디예요?"

한 메뚜기가 말했다. "갚지 못한 돈들의 무덤."

"이를테면 지옥 같은 거." 다른 메뚜기가 말했다.

"당신들은 뭔데요?"

"나는 그레고르. 얘는 잠자."

"그게 뭡니까?"

"이름이 뭐냐며."

"아니, 이름 말고 정체가 뭐냐고요."

"마왕."

"마왕?"

잠자가 말했다. "명색이 지옥인데, 갑질하는 주인은 있어야 하지 않 겠어?"

소설이로군, 하고 나는 생각했다. 앉아서 좀 더 졸다 보면 소설도 다 끝나겠지. 다시 눈을 감았다.

그레고르가 중얼거렸다. "그나저나 이번에도 연애에 실패했네? 화끈 하게 실패했어."

욱하는 심정이었다.

잠자가 말했다. "야야, 냅둬. 자기 몫의 사랑을 온전히 다 썼으면 그 걸로 된 거지."

세계를 다시 만들기에 충분히 좋은 재료니?

그레고르가 말했다. "꼴에 예술한답시고 설쳐대다가 시간만 날렸잖아."

"아니지, 사실은 예술 안 한답시고 설쳐대다가 시간만 날린 거 아냐?" 잠자가 말했다.

"어느 쪽으로든 제대로 한 것이 없는데 어느새 40이야. 텅 비어버렸어."

잠자가 말했다. "그래도 세계 일주 가겠다며 사표 낸다고 회사에 큰

소리치는 결기는 보여줬잖아? 코로나19 때문에 꼼짝도 못 하면서 꼴이
좀 우스워지긴 했지만."

도무지 잠을 잘 수 없었다.

"아 정말 시끄럽게 구시네들. 도움이라도 좀 주면서 평가질을 하던
가. 되먹지 못하게 이게 뭐야."

그레고르가 한참 딴청을 부리다가 말했다. "도움? 거래를 하자는 건
가?"

두 마왕이 귓속말을 주고받았다.

한참 뒤 잠자가 나에게 말했다. "잘 생각해봐. 우리와 손을 잡는 순간 예전으로 돌아갈 수는 없어."

무슨 뜻인지는 알 수 없었지만 나는 고개를 끄덕였다.

잠자가 낮은 목소리로 말했다. "그러면 주먹을 쥐어봐."

나는 주먹을 쥐었다.

"주먹 속에 따뜻한 기운이 스며들 거야."

그레고르가 인상을 찌푸렸다. "너무 폼 잡는 거 아냐?"

내가 말했다. "소설인데 뭐 어때요. 한번 하고 싶은 대로 해봐요. 분량도 거의 끝나가니까."

김재훈

잠자가 머리를 긁었다. "사실 이 짓도 너무 오랜만이라서."

주먹 속에서는 아직 아무것도 느껴지지 않았다.

그레고르가 말했다. "잠깐만 기다려. 셀카 찍을 준비가 아직 덜 됐어."

잠자의 작디작은 눈이 빛나기 시작했다.

잠자가 말했다. "이 소설은 질문으로 끝날 거야. 상관없겠지?"

"오오, 주먹 속에서 따뜻한 기운이 느껴져요." 내가 말했다.

그러자 메뚜기 아니, 마왕 잠자가 말했다.

"수많은 시간을 탕진한 끝에 비로소 손에 쥔 공허.

어떠니? 세계를 다시 만들기에 충분히 좋은 재료니?"

김재훈
겨울잠 자는 한 마리의 시인.

145

세계를 다시 만들기에 충분히 좋은 재료니?

지뢰찾기
덕분에
무탈하게

●

이소영

뒷모습만 기억에 남은 사람이 있다. 바쁘게 써야 할 '문서'가 있다고 그의 얼굴은 어느 때고 모니터를 마주하고 있었다. 키보드 몇 개만 딸깍해도 컴퓨터는 숨이 턱에 닿을 듯 앓는 소리를 했다. 현실의 컴퓨터들은 켜져 있는 동안 내내 고단한 신음소리뿐 무력했으므로 터미네이터의 스카이넷이 공상과학 장르가 되기 충분했던 시절. 그러니까 이건 32비트 386PC가 여전히 대접받던 지난 세기 끝자락의 이야기다.

모니터는 뒤통수가 E. T.처럼 비대했지만 정작 화면 크기는 A4용지 한 장 남짓이라 그의 구부정한 등에 다 가려졌다. 그가 써서 출력해줄 글을 읽으려는 사람들이 등 뒤에 앉아 있는데도, 그는 늘 쓰는 중이었다. 기다리는 이들에겐 달리 방법이 없었다. 검지 중지 약지가 키보드 위를 타르륵 타르륵 타고 놀며 낱말들을 뱉어내면 오른손 중지가 백스페이스키를 생산된 글자 수만큼 톡톡톡 톡톡톡 눌러 지워버렸다. 마침표 하나를 얻기가 참 고됐다. 타르륵타르륵 톡톡톡톡 타르륵타르륵 톡톡톡톡. 손가락이 재바르게 움직여도 제자리걸음일 뿐이었다.

지뢰찾기 덕분에 무탈하게

게다가 그는 마침표 하나 찍기 무섭게 화면 귀퉁이 버튼을 눌러 게임을 시작했다. 등 뒤에 우리를 앉혀놓은 채로 말이다. 게임은 늘 뻔해서 마이크로소프트사가 윈도우에 기본으로 탑재해둔 지뢰찾기나 테트리스였다. 테트리스 쪽은 승패에 몰입해 짜릿한 환호에 이르는 게임 본연의 역할이었다. 그래서 문서 작성에서 희망의 조짐이 엿보일 때나 드디어 출력 가능한 상태가 되었을 때 등장하는 결정적 한판이었다. 반면 지뢰찾기는 썼다 지웠다 썼다 지웠다를 반복하는 와중에 빠지는 샛길이었고 일종의 휴식이었다. 지뢰찾기는 단순한 게임이다. 게임판은 요즘 기준으로 보자면 그래픽이랄 것도 없는 회색의 네모난 칸들로 채워져 있다. 지뢰가 없는 칸을 다 찾으면 승, 지뢰를 눌러 터트리면 게임 오버다. 이 게임은 키보드에 익숙한 컴퓨터 사용자들이 마우스에 익숙해지도록 만드는 목적도 있었다고 한다. 입력하는 자에서 클릭하는 자로 만드는 장대한 여정의 출발점이라는 거다. 그 시절에 그런 의도 따위는 전혀 몰

이소영

랐지만 알았다고 해도 어쨌을까 싶다. 북극과 남극이 다 녹아내려도 일회용 플라스틱에 담겨온 배달 음식을 먹는 오늘처럼.

키보드 위를 달리던 그의 긴 손가락들은 부산한 놀림을 멈추고 마우스 오른쪽 왼쪽을 탈각거리며 게임판 위 회색 칸들을 하나씩 열어갔다. 한판 깨는 데 걸리는 시간은 고작 몇 분에 불과했지만, 한 문단을 마치려면 무수한 지뢰밭과 무한정한 시간이 필요했다. 드라마틱하게 지뢰를 피해 게임을 환상적으로 마무리했을 때 그의 양손은 찰나의 자유를 얻었다. 키보드와 마우스를 떠난 손이 탁하고 단호하게 책상 끝을 내리쳤다. 감탄부호가 나왔으니 게임은 이제 끝이겠지 안도하는 것도 한순간 그는 금세 새 지뢰판을 열었다. 그가 쓴 문서들은 글자를 쳐 넣은 시간보다 벽돌을 끼우고, 지뢰를 찾는 데 더 많은 시간을 들여 간신히 완성됐다.

지뢰찾기 덕분에 무탈하게

다들 이름 대신 두 글자 별명 빡새로 그를 불렀다. 별명이란 격이 없는 사이에 통하는 건데, 그는 나의 선배였으므로 거기 존칭을 붙여 빡새 형(兄)이라고 불렀다. 나는 무람없는 후배라서 그냥 기다리질 못하고 자주 따져 물었다. 문서 완성에 테트리스와 지뢰찾기 중 어느 게임의 지분이 더 큰가를 묻고, 이 문단 쓸 때 지뢰 꽤나 찾아야 했겠다며 비아냥거리기도 했다.

그로부터 몇 년이 지나 내가 자판을 두드려 쓴 글로 월급을 받아먹는 처지가 되었을 때 나 역시 무수한 지뢰밭을 열었다 닫으며 마침표의 개수를 늘려갔다. 지뢰밭이 없이는 어떤 글도 쓸 수 없었다. 빡새나 나의 성향이 유별난 탓이 아니다.

마이크로소프트사의 수장으로 당시만 해도 (다소 부도덕한) 천재 기업가 이미지였던 빌 게이츠가 지뢰찾기의 마력을 벗어날 수 없어 이 게임을 자기 컴퓨터에서 지워버렸다거나, 출시 전 테스트할 여력이 없었지만 실상 마이크로소프트사 직원들이 가장 많이 테스트한 프로그램이라는 믿거나 말거나 식 이야기가 떠돌 정도였으니까. 이 속 없어 보이는 단순한 게임은 순박한 얼굴로 가장하고 마이크로소프트사가 퍼스널 컴퓨터의 세계를 점령하도록 사람들을 중독시킨 절대 무기였다.

이소영

빡새가 갑작스럽게 죽지 않았다면, 나는 여전히 그가 써놓은 글을 두고 '이 글을 쓰는 데 필요한 지뢰 개수' 따위를 농담거리로 삼았을 게다. 그러나 죽음은 느닷없이 찾아왔다. 제아무리 지뢰찾기에 능해도 모든 경우의 수를 예측하는 것은 불가능하고, 터지고 말 지뢰는 터져버리는 법. 우리는 영영 인생이 숨겨놓은 지뢰를 알 길이 없다. 터지기 전까지는. 그는 셀 수 없이 많은 (게임의) 지뢰를 피하며, 정색을 하고 이 세상을 전복해야겠다는 문서를 두드려 쓰던 사람인데, 교통사고로 세상을 떴다. 그가 썼던 글들은 전혀 생각나지 않는다. 제목 한 토막도 기억에 없다. 그의 장례식장에서 생의 마지막에 하던 비상근무니 사고의 경위 같은 지난한 일들에 대해 들었는데도 시간이 몇 년 흐른 뒤엔 죽음의 기억이 흐릿해졌다. 소식이 끊어진 많은 이들처럼 그도 그만그만한 모습으로 어딘가에서 살고 있는 건 아닐까 하는 망상이 불쑥 들 정도였다. 내가 아는 그의 모습, 지뢰를 찾던 그 구부정한 뒷모습만 선명하게 떠올랐다.

지뢰찾기 덕분에 무탈하게

빡새가 쓰려던 글은 왜 그렇게 꽁꽁 막혀 있었을까. 게임에선 지뢰가 없는 안전한 칸들이 시원스럽게 열리기도 하건만, 그에겐 모든 문장이 진창 속에서 찐득찐득거렸다. 모두가 힌트 없이 던져진 회색 칸이었다. 명징하고 냉철한 확신을, 흉내 낼 수 없는 열정을, 지극한 사명감을 글에 담기 위해서 골몰했기에 지뢰를 찾는 숙고의 시간이 필요했을까?

그럴 리 없다. 손가락 관절이 욱신거리도록 마우스 양쪽 버튼을 누르는 동안 그는 글에 써야 할 뇌의 활력을 다 소진해버린다. 확신으로 쓸 수 없기 때문에, 열정을 태울 연료는 희박하고, 사명감은 억눌린 이기심 앞에 초라했기 때문에 마비가 되는 쪽을 택한다. 뇌가 시들어버릴 때까지, 더 이상 아무 생각도 할 수 없을 때까지 한 판 더! 지뢰찾기는 머리가 아니라 손가락 저 혼자 글을 쓰게 하리라는 말 없는 다짐이다.

이런, 빡새를 핑계로 내 얘기를 늘어놓고 있다. 그래, 이건 빡새가 아니라 내 얘기다. 의심과 회의로 가득 찬 나를 차마 똑바로 볼 수 없었기에, 써서 없애버렸다. 시간을 흘려보내는 것으로 나를 참았다. 그 시절에 지뢰찾기가 있어 고뇌도 좌절도 없이, 망설임도 후회도 없이 시간을 흘려보냈다. 방지턱 하나 없는 평평한 삶이 그렇게 가능했나 보다. 그 시간을 온전히 바쳐 열정으로, 이론으로 혹은 헌신으로 돌파하려던 이들은 많이들 2020년, 여기에 도달하지 못했으니까.

이소영

윈도우 3.1에서 윈도우 7까지, 1992년부터 2012년까지 이십여 년. 이십 대에서 삼십 대를 통틀어 내가 끄적거린 모든 글들에 지뢰찾기가 깃들어 있다. 어설픈 주장을 담은 리포트와 논문, 야후와 한메일을 타고 전해진 편지들, MSN메신저와 네이트온 채팅창에서 오가던 대화들 사이사이에 숨어 있다. 더 고민해야 할 때, 더 치열해야 할 때 모른 척 지뢰를 찾았다. 덕분에 무력하게 그래서 무탈하게 한 시절을 잘 썼다.

이소영

대학원에서 현대미술사를 전공하고 IT기업에서 일하며 과학 칼럼을 써왔다. IT잡지 기자로, 다음 등의 인터넷 포털 기업에서 웹기획자로 일했다. 지금은 없어진 홍대 앞 예술책 서점 아티누스에서 매니저로 일하기도 했다. 수원에서 책방 '마그앤그래'를 운영하면서 예술과 과학이 던지는 질문들을 글로 옮기고 있다. 지은 책으로 미술사와 과학, 두 장르를 아우른 책 『실험실의 명화』, 생태도시 프라이부르크 가족 여행기 『엄마도 행복한 놀이터』, 도구로 본 미술의 역사 『화가는 무엇으로 그리는가』가 있다.

백 살이 되면

●

황인찬 시

백 살이 되면 좋겠다

아침에 눈을 뜨지 않아도 된다면
좋겠다

엄마가 불러도
깨지 않고

아빠가 흔들어도 깨지 않고
모두 그렇게 떠나고 나면

창밖에 내리는
빗소리에 가만히 귀 기울이면 좋겠다

물방울이 풀잎을 구르는 소리
젖은 참새가 몸을 터는 소리

이불 속에서 듣다가

나무가 된다면 좋겠다

돌아가신 할머니가 그 나무 밑에서 조용히 쉬고 계시면 좋겠다

빛을 받고

뿌리를 뻗으며

오래 평화롭게 잠들 수 있다면 좋겠다

그 잠에서 깨어나면

여전히 한낮이었으면 좋겠다

온 가족이 모여 내 침대를 둘러싸고 있으면 좋겠다

부드러운 오후의 빛 속에서

황인찬

잘 쉬었어?

오늘은 기분이 어때?

내게 물어보면 좋겠다

그럼 나는 웃으면서

백 년 동안 쉬어서 아주 기분이 좋다고

그렇게 말할 수 있다면 좋겠다

정말 좋겠다

황인찬

1988년 안양에서 태어나고 자랐다. 2010년 《현대문학》 신인추천으로 등단했다.
시집으로 『구관조 씻기기』, 『희지의 세계』, 『사랑을 위한 되풀이』가 있다.

백 살이 되면

흥청망청
살아도
우린
행복할 거야

초판 인쇄 2020년 10월 20일

초판 발행 2020년 11월 2일

지은이 박은정, 이병률, 조수진, 한경록, 김봉현, 이소연, 오경은,
백영옥, 김준성, 장은주, 김마스타, 백민석, 백남주, 이유진,
이현호, 김나리, 김재훈, 이소영, 황인찬

기획·편집 박은정, 이유진, 이현호, 임지원

책임편집 이현호

디자인 와이겔리

펴낸곳 도마뱀출판사

펴낸이 조동욱

등록 제2007-000083호

주소 03057 서울시 종로구 계동2길 17-13(계동)

전화 (02) 744-8846

팩스 (02) 744-8847

이메일 aurmi@hanmail.net

블로그 http://ybooks.blog.me

ISBN 978-89-960189-5-7 03810

이 도서의 국립중앙도서관 출판예정도서목록(CIP)은 서지정보유통지원시스템 홈페이지
(http://seoji.nl.go.kr)와 국가자료종합목록 구축시스템(http://kolis-net.nl.go.kr)에서
이용하실 수 있습니다. (CIP제어번호 : CIP2020043540)